당신을 만나 행복합니다

삶을 더 밝고 당당하게

당신을 만나 행복합니다

초판 1쇄 인쇄일 2017년 9월 05일
초판 1쇄 발행일 2017년 9월 15일

지은이 권병우
펴낸이 양옥매
디자인 남다희 송다희
교　정 조준경

펴낸곳 도서출판 책과나무
출판등록 제2012-000376
주소 서울특별시 마포구 방울내로 79 이노빌딩 302호
대표전화 02.372.1537 　**팩스** 02.372.1538
이메일 booknamu2007@naver.com
홈페이지 www.booknamu.com
ISBN 979-11-5776-469-3(03810)

이 도서의 국립중앙도서관 출판시도서목록(CIP)은 서지정보유통지원 시스템
홈페이지(http://seoji.nl.go.kr)와 국가자료공동목록시스템
(http://www.nl.go.kr/kolisnet)에서 이용하실 수 있습니다.
(CIP제어번호 : CIP2017022481)

"삶을 더 밝고 당당하게"

당신을 만나 행복합니다

권병우 에세이

책과나무

당신을 만나
행복합니다

이 책은 천천히 읽었으면 좋겠습니다.

아침에 좋은 차를 천천히 마시듯, 여유로운 날 그늘에서 책의 아무 곳이나 펼쳐 편하게 읽었으면 합니다. 왜냐하면 이 책을 쓸 때 쓰임새를 그리 생각했기 때문입니다.

글은 마음의 창이라고 합니다.

지식을 제공하고 삶의 질을 높이며 새로운 생각과 좌표를 줍니다. 영혼의 나침반 역할을 합니다. 삶을 더 아름답게 살 방법은 매사를 긍정적으로 보고 노력을 통해 기쁨을 얻겠다는 한결같은 초심입니다.

인생은 한 번뿐입니다.

삶을 헛되이 보내지 않으려면 반드시 목표를 세우고 구체적 계획을 실천해서 성취해야 합니다. 행복해지려면 성공해야 합니다. 그러려면 지겨운 공부를 열심히 해서 지식을 넓혀야만 돈, 명예, 출세의 문이 활짝 열릴 것입니다.

세상살이가 쉽지 않습니다.

그 무엇 하나 공짜로 얻어지는 게 없습니다. 오직 실력이 가름합니다. 기적이나 행운으로 무언가를 성취할 수 있다고 믿는 것은 순간의 착각이자 환상일 뿐입니다. 짧은 글월 하나에 일생이 바뀔 수 있고 명언 한마디가 인생의 지침이 되어 결정적 호기를 만들 수 있습니다. 돌부리에 걸려 넘어져도 인생이 바뀐다는 말이 있듯, 우연한 기회나 말 한마디가 삶을 바꿀 수 있습니다.

인생의 모든 계기를 예사롭게 보지 말아야 합니다.

변화를 통해 능력을 발휘해 새로운 기회를 만들어야 합니다. 그러자면 두려움 없이 자신감 있게 걸어가야 합니다. 그것이 목표에 이르게 만드는 진정한 힘이 됩니다.

우린 지금껏 경험과 지식을 바탕으로 목표를 향해, 생존을 위해 치열한 질주를 했습니다. 그러나 성공의 길은 그리 가깝지 않았습니다. 역경을 넘어 인생의 승리자가 되려면 지름길이 아니더라도 다소 돌아가는 길로도 걸어야 합니다. 그럴 때 삶이 더 밝고 아름다울 수 있습니다.

지금은 창의력, 상상력, 결단력이 필요한 시대입니다.
현실의 경쟁력을 강화해서 인생의 최후 승리자가 되었으면 합니다. 당당하고 행복하게 살려면 꾸준한 노력과 도전은 필수입니다. 못사는 것은 운명의 장난이고, 인생의 절반은 운이라는 이야기도 있지만 사실 자신의 운명은 자신이 만드는 것입니다. 지금이 길이 자신이 행복을 위해 선택한 길이라는 것 또한 명심해야 합니다.

만남은 삶의 시작이고 행복의 꽃입니다.
만남이 인연이 되어 당신을 만나 행복한 삶을 만들어 갑니다. 당신을 만나 행복합니다. 무엇보다 가족의 화목 속에 서로 도와주고 의지하며 깊은 사랑으로 안아 주는 행복이 참다운 인생길입

6

니다. 누구에게나 인생의 끝이 있습니다. 인생은 시작보다는 끝이 훨씬 중요합니다. 이 책이 삶을 더 밝고 아름답게 만들어 가는데 도움이 되었으면 합니다.

작지만 좋은 생각이 쌓여 충만한 생활을 선사한다고 믿습니다. 내가 그랬듯 당신에게도 이 글이 좋은 차 한 잔의 위안이 되길 진심으로 바랍니다.

2017년 9월
권병우 드림

part 1 _____

●

당
당
하
게

당당하게 소신껏 자신의 일을 하는 사람이 멋있다.
당당하면 삶이 순조롭다.
사람은 양심의 동물이라 양심에 어긋나면 당당할 수 없다.

인생은 자신감이다

인생은 자신감이다. 자신감이 있어야 성공할 수 있다. 외모나 마음도 자신감을 준다. 취향도 자신감이고 건강과 사랑의 기술도 자신감이다. 이 세상 모든 삶이 도전의 연속이고 성취이므로 자신감이 그 원천이다.

계획을 아무리 완벽하게 세워도 자신감이 없으면 그 목표를 달성할 수 없다. 나는 할 수 있다는 자신감이 충만할 때 성공의 결실을 맛본다. 세상이 두 쪽 나도 해내겠다는 불굴의 투지가 정점일 때 성공을 쟁취한다. 요행이나 기적은 바라지 않는 것이 상책이다.

인생은 스스로 개척하고 만들어 가는 것이다. 스스로 확고한 동기를 부여하고 단호한 결단을 할 때 인생의 최후 승자가 된다.

인생은 자신감이다. 프로정신을 가지되 모든 고충은 필연적으로 온다는 각오도 해야 한다. 성공의 피날레가 당신을 기다린다. 기적이나 행운은 덤으로만 얻자고 생각해야 한다. 일 자체를 즐기면서 기쁜 마음으로 해야 한다. 일을 부정적으로 보고 거부감

당신을 만나 행복합니다

을 가지면 첫 단추부터 잘못 끼운 것이다. 집중하지 않고 일을 어설프게 하게 되면 뜻대로 일이 안된다, 처음 그 마음가짐이 일을 망친다. 올바른 판단과 정확한 예측이 성공의 원천이다.

대개 사람들은 인생의 첫출발인 사업 목표를 세우지 못하고 우왕좌왕하다가 인생을 허비한다. 도전도 없고 모험도 없는 삶이다. 허송세월한 사람이 곳곳에 많다. 이들은 인생 최고의 희열과 기쁨, 자신의 가치를 느껴 보지도 못하고 생을 마감할 수 있다. 운이 없었다고 치부하기도 하고, 부모를 잘못 만났다 탓할 수도 있지만 삶은 언제나 정직해서 황혼 무렵에는 후회가 찾아온다. '더 통 크게 도전하고 꿈을 위해 목표를 달성했으면….' 하는 것들이다.

고난과 시련은 언제나 있다. 엄청나게 크게 보이는 일도 결국 첫걸음에서 시작되고, 복잡한 실타래도 하나하나 순차적으로 풀면 해결된다. 결국 문제는 자신감이다. 목표한 정상을 늘 마음속으로 새기며 자신감을 가져야 한다. 자신감이 바로 성공의 척도이자 동력이다. 끈기와 노력으로 성공의 길을 열어 가자! 확고한 실천 의지와 낭비 없는 도전만이 성공을 준다. 그러면 아름다운 인생의 꽃이 필 것이다.

남자라면 당당하라

당당하게 소신껏 하고픈 일을 하며 사는 사람은 멋있다. 당당하면 하는 일이 순조롭다. 사람은 양심의 동물이라 양심에 어긋나면 결코 당당할 수 없다. 당당해지려면 자신감과 용기, 무엇보다 자기 양심에 떳떳해야 한다. 처세가 뚜렷하고 정의를 갈구하며 올바른 행동을 할 때 사람은 당당할 수 있다. 권세에 굴종하거나, 비겁하게 불의에 눈감으면 결코 당당할 수 없다. 남자는 당당해야 한다. 남자의 당당함은 큰 매력이며 그 당당함이 때로 사업의 성취도 가져온다.

양심의 가책에 시달리거나, 매사 부정적인 사람은 당당할 수 없다. 뻣뻣하거나 뻔뻔한 것은 당당함과 거리가 멀다. 진정한 당당함은 깊은 내면과 일관된 행동에서 나오는 것이며, 마치 향기와 같이 뿜어져 나와 주변인에게 감화를 주는 것이다.

당당하게 살다 보면 좋은 일도 생기고 때론 기적도 따라 준다. 당당한 자신감이야말로 사업을 성취시키는 성공의 열쇠. 나는 할 수 있다는 자신감을 가지고 용기와 지혜로 밀고 가면 무엇이든 성취할 수 있다.

16

남자라면 당당하라! 당당하려면 무엇보다 정도를 지키고 올바르게 살아야 한다. 요즘은 정치인이나 위정자들이 볼썽사나운 행동이나 막말을 해대곤 하는데, 이건 당당함이 아니라 뻔뻔함이고 안하무인이다. 올바르고 정의로운 사회를 구현하려면 법과 질서를 지켜 겸양의 삶을 살아야 한다. 소신과 원칙이 있을 때 사람은 당당해질 수 있다. 부초처럼 늘 흔들리고 상황에 따라 달리 처신하는 사람들은 신뢰하지 않는다. 소신과 원칙이 없는 처세는 그래서 위험하다.

소심한 사람은 당당해질 수 없고, 소신이 있을 때 비로소 당당할 수 있다. 원칙과 소신은 사람의 매력과 품격을 더욱 돋보이게 한다. 소신과 신념을 바탕으로 당당하게 살면 무엇이든 성취할 수 있고, 기쁜 일뿐만 아니라 기적도 만들어 삶은 한층 더 밝아지고 행복으로 가득할 것이다.

당당하게 살면 성취감도 생기고 보람과 기쁨, 그리고 성공이 찾아온다.

아는 게 힘이다

공부는 왜 하는가? 지식과 지혜가 없으면 살아갈 수 없다. 사람과의 소통과 공감을 위해서도 공부는 꼭 필요하다. 공부는 완성된 사람이 되기 위한 첫걸음이자 성공을 위한 기초자산이다. 삶을 위해 스스로 학습해 지식과 지혜의 내공을 축적해야 한다. 적어도 어떤 영역엔 어떤 지식이 있다는 것을 알아야 나중에 필요할 때 유익하게 사용할 수 있다.

격변의 시대, 정보의 흐름은 인간이 따라잡기 어려울 만큼 가파르다. 문명의 발달로 더욱 치열한 공부가 요구된다. 세상 모든 지혜와 인류의 지식이 도서관에 있고 책에 있다. 책을 통해 새로운 영감을 얻고 지혜를 익힌다. 새로운 발명이나 명품 역시 책을 통해 꾸준한 정보를 얻었을 때 가능하다.

배워서 남 주는 게 아니다. "아는 게 힘"이라는 말처럼 공부할 수 있을 때 배워서 힘을 축적해야 한다. 공부할 시기를 놓치면 후회뿐이고 늦은 공부는 무척이나 힘들다. 공부는 자신과 싸움이다. 스스로 강력한 동기 부여를 해야 공부하게 된다. 내 적성에 걸맞은 전공 분야를 집중력을 발휘해 재미를 찾아가며 끊임없이 새로운 질문을 던져야 효과가 있다.

책상에 앉아 글을 쓰고 공부하는 생활이 자연스러워야 한다. 공부의 성패 대부분은 의자에 앉는 힘으로 결정된다고도 한다. 하나의 지식을 얻으면 그 지식과 연관된 더 세분화된 지식을 연속적으로 습득하는 것이 좋다. 연관성 있는 주제에 대한 공부는 학습 효과를 크게 높여 준다. 공부에도 요령이 필요하다. 공부하기 좋은 시간과 환경, 심화학습을 위해 새로운 책이 좋을지 그 분야에 정통한 전문가가 좋을지, 인터넷 정보나 도서관의 정보를 어떻게 활용할지 등 학습한 내용을 자기 것으로 만들기 위한 자기만의 노하우를 하나씩 체득해야 한다. 공부는 상당한 집중력을 요구하기에 자신만의 최고의 환경을 찾아내는 것도 필요하다.

조선이 일제에 강제로 병합되었을 때 우국지사들은 망국의 원인을 '개화'하지 못한 학문으로 생각했다. 그래서 민중을 계몽하기 위해 우리말을 가르치고 서구문물을 배우기 위해 유학길을 선택한 지사들이 많았다. 배우고 익히는 것은 자신의 수양과 완성을 위해서도, 우리 사회를 위해서도 꼭 필요한 일이다. 배움이 완숙하면 주변과 사회를 위해 재능을 기부할 수도 있으니 '배워서 남 주는' 일도 꽤나 멋진 일이다.

배움은 힘이고, 삶의 수단이다. 평생 책을 가까이하고 재능을 발휘해 삶의 질을 높여야 한다. 지겨운 공부지만 훌륭한 사람이 되기 위한 첫걸음이고, 성공적인 삶의 원동력은 오직 배움에 있다. 배워야 산다. 사회생활을 원활히 하려면 아는 게 힘이다!

당신을 만나 행복합니다

만남은 삶의 시작이고 행복의 꽃이다. 사람의 일생이 만남이고 관계는 한평생 동고동락하는 아름다운 인연으로 발전하기도 한다. 만남이 숙명처럼 느껴지는 사람들이 있다. 인생은 이 값진 인연들로 인해 더욱 빛난다.

만남이 인연이 되어 성장하지만, 모든 세상 이치가 그렇듯 저절로 크진 않는다. '신뢰'라는 빛나는 햇살을 받아야 한다.

일, 사랑, 소망을 통해 행복을 만들고 잘살고 못사는 것은 모두 내가 만든 몫이라 여겨야 한다. 기왕이면 만남이 좋은 인연이 되어 즐겁고 삶의 즐거운 동행이 되는 것이 좋다. 오랜 세월 함께 늙어 내 곁에 남아 있어 준 아내와 친구를 볼 때마다 감사한 마음이 절로 생긴다.

"은하수같이 많은 사람 중에 당신을 만나게 되어 고맙고 감사합니다. 당신을 만나 행복합니다. 우리의 만남이 오래오래 지속하여 후회 없는 행복의 씨앗이 되었으면 합니다."

한 시간이 행복했다면, 그 행복이 온종일 이어질 수 있고, 하루가 행복했다면 열흘 동안 행복이 지속할 수 있다.

　행복은 잠시 머물다 다시 가버리는 신기루 만족감이지만 행복
은 우리에게 종합 비타민 역할도 하고 삶의 활력소도 된다. 인생
을 꽃같이 아름답게 살고 물같이 편하게 흘러가는 참 좋은 인생
살이였으면 좋겠다.

　"오늘도 당신을 만나 행복합니다."
　이 세상은 혼자 살 수는 없다. 우리 모두 더불어 사는 인생길이
낙원의 길이다. 기쁨을 동반한 만족감이 내면의 가치를 충족시키
는 바로 그 느낌이 행복이다. 행복해지고 싶으면 행복의 씨앗을
잘 심어 가꾸어야 한다. 틀림없이 행복의 꽃을 볼 수 있다. 당신
이 없다면 이 세상 행복은 없다. 당신을 만나 행복이 솟아나고 행
복은 한층 더 값지고 진지한 삶의 보람이 된다. 당신과의 운명적
인 만남이야말로 내 생애 가장 극적인 드라마고 행복이다.

　언제나 소중한 당신이 곁에 있어 기쁠 때나 슬플 때나 고생스러
울 때나 힘들 때도 행복을 만들어 갑니다. 당신을 사랑합니다.

　"당신을 만나 행복합니다. 당신을 만나 행복합니다."

젊음은 역시 아름답다

젊음은 꽃이라 했던가! 꽃은 향기롭고 예쁘지만, 꽃보다 아름다운 것이 젊음이다. 특히 젊음은 청춘의 여성에게서 눈부신 꽃을 피운다. 젊음은 한 번뿐이기에 더욱 소중한 신의 선물이다. 젊음이 자산이라, 자신을 믿고 야무진 꿈을 위해 과감히 도전해야 한다. 실패를 통해 교훈을 얻는 것도 젊음의 특권이다. 청춘은 패기다. 무엇이든 마음먹으면 성취할 수 있기에 청춘이 품는 야망은 무죄다.

눈부신 젊음이 그토록 소중하기에 젊음은 관리해야 한다. 싱그럽고 촉촉한 살갗에서 흐르는 빛도 젊음의 매력이다. 온몸에 건강미가 흐를 수 있도록 체력 관리를 해야 한다. 건강한 생활을 통한 자기 관리가 바로 아름다운 젊음을 더욱 아름답게 간직하는 길이다.

물론 젊음은 짧고 늙음은 길다. 하지만 청춘의 에너지는 노년의 수십 년을 뛰어넘을 정도로 강하다. 고난과 역경을 뛰어넘을 힘도 젊음에 있다. 젊음을 무기 삼아 인생의 목표를 세우고 열정적으로 도전하자.

세월에 장사 없다고, 아무리 아름다워도 결국 천천히 시들어 가며 변화하는 자신의 모습을 보며 인생무상을 감수할 수밖에 없다. 그러나 젊음이 아름다운 이유는 영원하지 않기 때문이며, 다시 돌아오지 않기 때문이다. 신이 내려 주신 최대의 축복이 바로 젊음이다.

젊음을 가졌을 때 넓게, 높게 뛰어 보라! 이 세상은 젊은 여성의 매력이 있어 더 아름답다. 젊음을 아름답게 보내며 청춘의 모든 에너지를 쏟아 목표를 성취한 중년, 노년 또한 아름답다. 경륜과 지혜 등, 젊음에서 볼 수 없는 중후한 기품이 바로 젊음을 잘 보낸 노인들의 멋이기도 하다.

당신을 만나 행복합니다

인생 관리가 삶을 좌우한다

행복한 삶을 위해선 자신만의 생활 관리 원칙이 있어야 한다. 생활이 곧 인생행로이기에 생활 관리가 바로 삶을 좌우하는 인생 관리가 된다.

첫째, 건강 관리다. 인생의 기초자산이 건강이기에 하루에 30분 이상은 무조건 운동에 투자해야 한다. 건강할 때 건강을 지키고 많이 움직여야 한다. 승강기보다는 계단을 이용하고 자가용보다는 대중교통을 이용하는 것이 좋다. 어지간한 거리는 땀이 좀 나더라도 걸어야 한다. 아침 공복 상태에서 조깅이나 조금 빨리 걷기, 산행은 더할 나위 없이 좋은 운동이다.

일찍 자고 일찍 일어나는 습관은 필수적이다. 건강 관리는 의지가 중요하다. 배에 살이 붙기 시작하고 지방이 끼기 시작하면 각종 성인병이 찾아온다. 하루에 자신이 움직이는 총량을 가늠해 활동량을 최대화시킬 수 있는 생활 동선을 짜야 한다. 항암 치료로 몸이 쇠약해진 환자에게 의사들은 그저 쉬라고 하지 않는다. 움직일 수 있다면 힘들어도 기어서라도 움직이라고 한다. 움직여야 생명력을 유지할 수 있다.

둘째, 시간 관리다. 시간은 금이라는 말도 있지만, 사실 지난 시간은 천만금을 주고도 살 수 없다. 시간 낭비야말로 인생 낭비요, 생명을 의미 없이 단축하는 지름길이다. 시간을 아껴 쓰기 위해선 세부적인 계획이 필요하며 우선순위 역시 필요하다. 하루 계획을 중요한 일을 중심으로 계획을 짜 놓고 오늘 반드시 해야 할 일과 내일로 미뤄도 되는 일을 계획해 실천하면 도움이 된다. 사업상의 만남이라면 그 만남의 목적을 분명히 하고, 시간을 가장 효과적으로 사용하기 위해 준비해야 한다. 때론 기나긴 회의 5시간을 하는 것보다 사전에 준비된 30분의 회의가 실속 있는 법이다.

셋째, 재산 관리다. 재산은 삶의 질을 좌우한다. 돈이 사람도 만들고 품위도 지켜 준다. 목표를 세워 일정 영역에서 반드시 성공하겠다는 각오로 계획을 세워야 한다. 다소 거창해 보이더라도 그 목표를 실현하기 위한 계획이 구체적이고 현실적이라면 실현될 것이다. 쓰는 것보다는 저축하고, 돈을 묵혀 둘 바엔 투자하거나 새로운 수익을 위해 쓰는 것이 좋다.

넷째, 재능 관리다. 사람마다 자기만의 재능이 있다. 재능을 발휘해 생활 기반을 만들고 직업을 갖는다. 재능 역시 자산이다. 하지만 천부적인 재능이든 후천적인 재능이든 사용하지 않으면

당신을 만나 행복합니다

썩고, 그 재능조차도 시대 변화에 따라가지 못하면 무용지물이 된다. 일정 수준의 기술과 능력이 있다면 더 높은 고급 기술을 얻기 위해 투자해야 한다. 다른 것은 아껴도 자기 개발을 위한 노력은 아껴선 안 된다.

마지막으로, 감정 관리다. 사람은 감정의 동물이기에 냉철한 이성보다 감정이 앞설 때가 많다. 평소 자제력을 길러 온화하고 절제력 있는 사람이 되어야 한다. 욱하는 순간 그간 쌓아 왔던 신뢰나 신용, 인간관계가 한순간 사라진다. 일신우일신(日新又日新)이라고 매일 성찰하고 수양하지 않으면 사람은 누구나 낡게 된다. 자기 중심성이 커지고 이기적이게 되며 자만하게 된다. 나중엔 똥고집과 욕심만을 가진 형편없는 노인으로 전락할 수 있다.

건강, 시간, 재산, 재능, 감정. 이 다섯 가지에 대한 관리 계획이 구체적이면 구체적일수록 좋다. 결국 인생도 설계자가 어찌 설계하고 추진하느냐에 따라 달라진다. 인생은 관리해야 빛이 난다.

삶을 더 밝고 당당하게

돈, 시간, 친구, 취미, 건강을 가진 이는 행복하다. 경제적 여유가 생겨 삶의 질이 높아지면 행복감이 커지며 참된 삶의 가치에 주목할 수 있다. 삶이 좋아지면 사람은 더 당당하게 된다. 즉, 아름다운 삶과 관계에서 가치를 찾게 된다. 마음이 궁핍해 비딱하고 반항적이면 불행한 삶을 자초하게 마련이다.

사회가 급변하고 고도화되면서 현실이 혼란스럽다. 경제 분야는 다변화되고 내수는 후퇴하고 있다. 욕구는 충족되지 않고 소비는 늘어 늘 쫓기는 숨바꼭질 생활이다. 정의사회 구호는 어디를 갔는지, 혼돈의 사회에서 살아야 한다. 삶은 투쟁이고 생존경쟁이며 고통의 연속일 수 있다. 금전 만능주의에 빠져 각종 범죄에 휘말리거나 악의 유혹에 빠지면 불행한 삶을 살게 된다.

우린 삶이 고달파도 후회하며 살아선 안 된다. 성공과 환희의 정당한 보상이 기다리는 곳으로 당당하게 도전해야 한다. 충만한 자신감과 떳떳한 양심, 불굴의 용기를 가진 이가 바로 당당한 사람이다.

뚜렷한 소신으로 밀고 나가는 투지가 성취감을 안겨준다. 미래를 향해 뚫고 나가기 위해선 확고한 원칙과 강한 신념이 있어야 한다. 노년의 행복을 얻기 위해선 젊어서 노후를 준비하고 대책을 세워 실천하고 절약하는 길뿐이다.

소심하거나 부정적인 사람은 당당해질 수 없어, 성취감도 보람도 얻을 수 없다. 그림의 떡일 뿐이다. 삶을 더 밝게 살려면 나만의 목표를 세워 깔끔히 성취해 인간승리의 길을 가야 한다. 사람은 밝게 살아야 당당한 인생이 열린다. 소신과 원칙이 확고하면 더 밝은 미래를 기약한다.

정도를 걸어야 하고 올바른 생각, 올바른 행동이 쌓여 품격이 만들어진다. 밝고 당당한 삶을 위해선 사랑하는 사람도 만들고 긍정적 생각으로 자신만의 행복을 만들어야 한다.

당당함은 외부의 시선을 의식한 처세나 행동거지와는 다르다. 당당하다는 것은 권세가 높다거나 뻔뻔하다는 의미와는 전혀 다른 가치를 함유하고 있다. 당당함이란 자신의 내면에서 스스로의 정당성을 확인하며 나오는 것이다. 이는 사회적 지위나 처한 환경과 상관없는 자기 삶에 대한 강한 존중심에서만 나올 수 있다. 그 내면적 가치가 행동으로 이어졌을 때 인간이 가질 수 있는 당당함이다. 정당성이 바로 당당함이다.

"내 인생의 주인은 나다!"
자신의 힘으로 삶을 더 밝고 당당하게 만들겠다고 마음먹자. 하고픈 일은 무조건 성취하겠다고 달려들면 때론 행운도 곁들어 생각지도 못한 인생의 아름다운 꽃이 핀다. 살아온 보람을 한껏 느끼는 행복감의 극치는 이런 식으로 찾아온다.

어깨의 힘을 빼고 성공하려는 조바심을 멀리하자. 내 삶의 몫을 찾아 삶을 더 밝고 당당하게 만들어가자!

사랑은 위대하고 강하다

사랑을 완성하는 건 믿음과 존중이다. 세상 사람들은 사람 속에서 사랑을 하고, 사랑을 먹으며 살아간다. 사람의 본질은 사랑으로 사는 존재다. 만일 사랑이 없다면 이 세상은 지옥의 아비귀환일 뿐이다. 사랑은 위대하고 강하다. 사랑은 뜨거운 열정이며, 끝없이 주는 것이며 죽음마저 뛰어넘는 숭고한 것이다. 여성에게 사랑은 새롭게 살아갈 수 있는 생명의 원천이며, 생의 감옥이자 천국이기도 하다.

사랑은 눈먼 봉사다. 이해관계를 떠나 심장을 격동시키는 사랑이 가장 순수하고 참된 사랑이다. 준 만큼 받으려 하지 말고 받은 것의 두 배를 주는 감정이 사랑이다. 고동치는 감정을 진정한 사랑으로 승화시키는 건 바로 세월이다. 처음과 끝이 같은 사랑은 위대한 드라마다. 사랑은 불길이며 빛이며 희망이다. 모든 기적은 사랑에서 시작되는 경우가 많다.

사랑은 불행하지 않고 오직 행복만을 추구한다. 사람은 여러 가지 갈등이나 오해 속에 살지만 사랑이 있어 아름다운 무드 속에 살아간다. 사랑과 함께 있으면 모두가 즐겁고 예쁘게 보인다.

사랑합니다! 이 말 만큼 다정하고 감성적인 말은 없을 것이다. 사랑하는 사람이 있을 때 그 행복감이 배가 된다. 사랑의 힘은 대단하다. 이 세상에서 제일 강한 것이 사랑이라고 한다. 사랑은 때로는 각설탕처럼 달콤하고 사랑으로 인생이 참모습을 드러낼 때 더 위대하고 강하다.

이 고귀한 에너지의 원천, 사랑은 용기 있는 자에게만 주어지는 운명의 선물이다. 사랑은 용기를 주며 약한 이에게 강철 같은 신념을 주고, 무쇠같이 거친 이도 한없이 부드러운 봄바람으로 만든다. 신비의 마법이 바로 사랑이다.

사랑은 희생을 요구하기도 하는데, 사람은 자신의 목숨을 바쳐 사랑하는 연인과 아이를 구하기도 한다. 사랑은 불가능을 가능으로 바꾸고 객관의 법칙을 뛰어넘는 기적의 드라마를 선사한다. 불굴의 사랑 앞에서 불가능이란 없다. 사람은 사랑을 떠나선 단 하루도 살 수 없는 존재로 설계되어 있다.

세상 모든 생명체가 사랑을 먹고 살아간다. 사랑이 생명의 근원이기도 하다. 여성은 사랑하면 아름다워지고 피부엔 생기가 돈다. 사랑은 끊임없이 사랑을 만들어 내며 영원히 샘솟는다. 이기적인 사랑과 갈대처럼 흔들리는 사랑, 환상 같은 신기루 사랑

당신을 만나 행복합니다

은 오래갈 수 없다.

사랑은 신뢰와 믿음이다. 나를 희생할 수 있는 덕행과 상대에 대한 존경심이 신비의 묘약인 사랑을 완성한다. 존중하면 존경받고, 사랑하면 더 큰 사랑으로 돌려받는다. 받는 것 이상으로 주는 사랑의 행복감은 더욱 강렬하니 이 또한 신의 섭리 아닌가.

잘살고 못사는 게 내 운명이다

　잘살고 못사는 건 모두 팔자소관이다. 주어진 운명에 승복해 하늘에서 내게 주신 복만큼 생긴 대로, 배운 대로, 아는 대로만 사는 것이 정석이다. 사람은 저마다 그릇이 있고 한계가 있다. 너무 큰 바램보다는 실현 가능한 목표 설정을 하는 게 성공의 지름길이다. 많이 배웠다고 잘사는 것도 아니고, 못 배웠다고 못사는 것도 아니다. 잘살고 못사는 게 내 운명이다.

　선택했으면 실천하자. 내 분수를 알고 산다면 승산이 있다. 보통 사람들은 자기 그릇은 생각하지 않고 자신을 과대평가해 허세와 허영심으로 삶을 망치곤 한다. 누구나 부자로 살길 원하지만, 아무나 부자가 되는 건 아니다. 사람마다 자기 나름의 노하우가 있고 특기가 있어 사는 방법이 천태만상이다.

　사람들은 가진 것이 없으면 얻기 위해 열심히 노력하고, 부족하면 배우고 익혀 이를 채우려고 노력한다. 저마다 자신의 방법으로 삶을 즐겁게 살려고 열심히 일한다. 이렇듯 사람은 생긴 대로, 배운 대로, 아는 대로 사는 게 현명하다.

똑똑해서 다재다능하면 더 잘살 것이다. 공평하게 세상에 태어났지만 삶은 각양각색으로 펼쳐져 희비가 엇갈린다. 삶을 탓하거나 원망하는 건 자신을 더욱 어렵게 만들고 서글픔만 준다. 하늘이 나에게 준 인생길이 바로 내 길이며, 순응하면서 덕을 베풀고 분수껏 사는 게 참 좋은 인생길이다. 주어진 팔자대로 생긴 대로 살다 보면 때로 운수대통의 기회가 찾아온다. 잘났든 못났든 모두가 내 몫이기에 내 생긴 대로 살면 된다.

그리고 그동안 지겨운 공부를 통해 얻은 지식을 저축해 두었다가 필요할 때 쓰기 위해 배운 지식을 활용해 더 가치 있는 삶을 만들어야 한다. 혹시 어려움이 닥치더라도 낙심하지 말고 끝까지 노력하는 대인이 되어 험난한 세파를 헤쳐나가야 한다. 사는 동안 여러 가지 불안요소가 각처에 도사리고 있지만 잘 극복하면 된다. 내 능력과 분수를 알고 살면 승패의 요량을 쉽게 터득해 실수하지 않고 더 나은 삶을 만들 수 있다. 성공도 중요하지만 실패하지 않는 것도 중요하다.

더 밝은 내일을 향해 살맛나는 사회를 만들어 높은 국가위상을 세계 속에 심어주었으면 한다.

봉사는 인생의 꽃이다

봉사!

사랑이 동반한 인간애적인 조화로운 봉사가 필요하다. 인도주의적 신념으로 마음에서 우러나 하는 봉사가 참다운 봉사다. 봉사활동도 재미와 보람이 전제된 가운데 자발적인 사명감과 희생정신으로 봉사활동을 해야 한다.

봉사는 작은 것으로 시작해 통 큰 봉사로 이어지는 게 좋다. "오른손이 하는 일을 왼손이 모르게 하라"는 말이 있듯 봉사도 그렇게 하는 것이 바람직하다. 봉사는 주고받는 사람이 대등한 관계로 설정되어야 한다. 꼭 나보다 어려운 사람을 돕는 것이 아니고, 누구나 사람답게 살아갈 수 있도록 편의를 제공하는 사랑의 실천이 바로 봉사다.

봉사의 방법도 여러 가지다. 금전적으로 도움을 주거나, 육체적 봉사활동을 통해 편의를 제공하고 질병이나 재난에 시달리는 사람을 도와주는 봉사활동이 있다. 봉사는 인도주의에 입각한 헌신이어야 한다. 도움이 필요한 사람임에도 도움받길 싫어하는 경우도 많다. 순수한 마음으로 자발적으로 했을 때 그 사랑의 마음

당신을 만나 행복합니다

도 전달된다.

  뜻을 같이하는 사람들이 모여 함께하는 것도 좋다. 더 효율적이고 큰 봉사도 할 수 있기 때문이다. 우리 주변엔 여러 형태의 봉사단체가 있다. 종교단체, 시민단체, 적십자, 라이온스, 로터리, 직능단체 등 수많은 단체가 봉사의 선봉장이 되어 새로운 사회를 만들어 가고 있다. 생활이 어려운 학생에게 학비를 주거나 질병에 신음하는 이에게 수술비용을 대 주거나 독거노인의 말벗이 되어 주기도 한다.

  돈은 버는 것보다 어떻게 쓰느냐에 따라 가치가 결정된다고 본다. 열심히 버는 이유가 더 많은 이에게 도움을 주고 사회를 더욱 따뜻하게 만들기 위해서라면, 그 사람의 돈 욕심은 탐욕이 아니라 헌신이 된다. 우리 주변에도 그런 이들이 많다. 성실하게 돈을 벌었지만 늙어서 자식들이 아닌 사회에 끊임없이 기부하며 사랑을 실천하는 사람들 말이다.

  봉사하면 얻는 것도 많다. 마음이 흐뭇해지고 삶의 보람을 느낀다. 자존감이 높아지고 행복을 느껴 엔도르핀이 생긴다. 생활이 여유로운 생활과 자애로우며 활력 있는 인생을 살 수 있는 방편이 바로 조건 없는 봉사다.

봉사는 인생의 꽃이고 우애는 사랑의 열매이기에 봉사를 많이 해 인생의 꽃을 피우자. 사회에 꿈과 희망을 심어 주는 사랑의 실천자가 바로 봉사 지킴이다. 봉사하면 여유로움이 생기고 매사가 활기차 생명 연장도 가져온다. 봉사를 더욱 열심히 해서 좋은 인생의 꽃을 피워야 한다.

당신을 만나 행복합니다

배려의 고마운 말, 감사합니다

도움을 받거나 좋은 배려를 받아 고마움을 느끼면 저절로 나오는 말, "감사합니다.", "고맙습니다." 언제 들어도 기분 좋은 말이다. 사는 것이 감사하고 기분이 좋으면 '감사합니다.'란 말이 빨리 나오고, 마음이 힘들면 '감사합니다.'란 말이 늦게 나온다고 한다. 이렇듯 삶의 질에 따라 감사의 표현이 달라진다고 한다.

사람에게 큰 도움을 받아 신세를 졌을 때나 후한 대접을 받았을 때, 위험한 순간을 모면할 수 있도록 보살핌을 받았을 때 나도 모르게 '감사합니다.'를 연발하고 있음을 발견한다. '감사합니다.', '안녕하세요.'와 같은 말은 언제 들어도 기분 좋기에 자주 사용할수록 듣는 사람에겐 각별한 인상을 남긴다. "이 사람이 나를 예우해 주는구나." 하는 고마움을 가지게 된다. 이 고마움은 곧 나에 대한 예우와 좋은 기억으로 남게 되니, 이런 인사를 아낄 필요는 전혀 없다.

비단 사회생활이 아니라 우릴 낳아 주신 부모님께도 이 말을 끊임없이 해야 한다. 지금껏 살며 자식 노릇 제대로 못 한 불효가 항상 마음에 남아 있다면 더욱더 부모님 앞에서 이 말을 자주 해야 한다. 한 끼 따뜻한 밥에도, 잘 익은 된장 한 통에도 우린 감사함을 표현해야 한다. 어머니가 끓여 주신 김치찌개에 최고의 찬사를 보내면 몇 날이고 어머니는 뿌듯한 마음으로 행복한 기억을 간직할 수 있다.

먼저 출입문을 열고 나간 사람이 뒷사람이 다칠세라 문을 잡고 기다려 주는 배려에 "고맙습니다." 하며 활짝 웃어 주면 그날은 그 사람에게도 나에게도 행복한 하루가 열린다. 승강기에서 멀리 오는 사람을 위해 버튼을 눌러 기다려 준 이의 배려는 또 얼마나 멋진가? 초행길에 뒤늦게 자동차 전용도로의 램프를 빠져나가려는 이가 들어올 수 있도록 양보하는 미덕 또한 마찬가지다.

따지고 보면 감사할 일은 너무나 많다. 사고를 비껴 무사했을 때, 기적을 선사하신 조물주에게는 물론 대자연의 섭리와 풍광에도 감사해야 한다. 기분 좋은 아침 안개를 걸어가며 끊임없이 뛰고 있는 자신의 심장을 느끼며 살아 있음에 감사해야 한다. 이렇듯 이 세상 모든 생활이 신의 은총이며 축복이다.

감사를 표하는 대상은 분명 타자이지만, 감사할수록 자신의 내면에 충만함이 쌓이는 것을 분명히 느낄 수 있다. 이 충만함은 생을 긍정적으로 끌고 가는 동력이자, 일상의 행복을 만끽하게 해 주기도 한다. 어찌 보면 최고의 수혜자는 자신인 셈이다.

 아름다운 배려와 양보가 우리 일상의 미덕이다. 항시 "감사합
니다.", "고맙습니다.", "안녕하십니까.", "사랑합니다."라고 말
하자. 자주 쓸수록 예우받는 멋진 인생길이 된다.

 "감사합니다."
 이 말이 병을 고치는 명약이 된다. 죽게 됨에 감사하고 삶에 감
사하게 된다. 세상 모두가 감사 속에 있기에 '감사의 치유법'은
모든 질병에 큰 도움이 된다. 매일 "감사합니다."를 천 번씩 되뇌
고 표현하자.

기회가 왔을 때 잡아라

사람마다 세 번의 기회가 찾아온다고 한다. 그때가 언제인지는 몰라도 반드시 찾아온다고 한다. 한 번 찾아왔다 떠난 최고의 기회는 두 번 다시 오지 않는다. 기회는 이렇게 불현듯 찾아오지만, 준비가 되어 있지 않으면 포착이 쉽지 않다. 준비된 사람에게 오는 기회는 성공을 선사하지만, 준비되지 않은 이에게 오는 기회는 통한만을 남기고 떠난다. "지성이면 감천"이라는 말처럼 늘 준비된 자가 소원을 성취한다.

기회는 자신의 실력을 높이기 위해 끊임없이 생각하고 꾸준한 노력을 기울인 자에게 찾아온다. 잠깐 왔다가 다시 가는 이 기회는 삶의 승패를 결정짓는다. 꾸준한 노력과 함께 기회가 왔을 때 결단하는 대담함 또한 필요하다.

우리가 일을 하다 보면 잘 풀릴 것 같고 왠지 자신감이 충만해질 때가 있는데, 그때가 바로 최적의 찬스인 경우가 많다. 이 일생의 기회는 아무런 신호도, 암시도 주지 않는 경우가 많다. 그래서 기회를 놓쳐 꿈을 이루지 못하고 세월이 흐른 후에야 "아, 그때가 바로 기회였는데…." 하며 후회한다. 시간이 흐른 후에

당신을 만나 행복합니다

지나간 기회를 알아보는 건 실패한 자의 넋두리에 불과하다. 후회가 무슨 소용이겠는가.

　기회를 제대로 보기 위해선 현실 변화에 주목해 늘 깨어 있어야 한다. 남들에겐 냄새나는 진흙 덩어리가 깨어 있는 자에겐 인류 역사를 바꿀 석유로 보인다. 남들 하는 대로 따라가거나 남의 판단에 의존하는 자는 기회를 볼 수도, 잡을 수도 없다. 하지만 끊임없이 어떤 형태의 기회를 상상하고 연구하며 깨어 있는 자에게 그 기회는 너무나 찬란한 모습으로 다가온다. 늘 꿈을 꾸며 준비한 자와 꿈조차 꾸지 않고 현실에 안주한 사람과의 차이이기도 하다.

　한 번 기회를 놓쳤다고 절망하라는 법은 없다. 기회는 언제고 다시 온다. "실패는 성공의 어머니"라는 말처럼 한 번의 실수를 더 강한 성공의 지렛대로 삼는 것 또한 사람의 몫이다. 매일 땀을 흘리는 꾸준한 노력에는 반드시 또 한 번의 기회가 온다. 이때를 잘 포착해 나만의 성공 기회로 만들어야 한다.

　평범한 삶의 가치를 선호한다면 몰라도, 자신의 꿈을 반드시 이루고 싶은 사람은 100% 노력으로 성공의 기회를 잡아야 한다. 기회 포착이 당신을 성공의 길로 인도할 것이다.

첫인상은 인간관계의 시작이다

첫 만남에서 첫인상이 결정된다. 첫인상은 사람에게 신뢰를 주고 운명적인 인연으로 발전해 지속적인 만남을 이끈다. 그래서 첫인상이 좋으면 인연이 이어져 인생의 동반자로 살아갈 수 있다. 첫인상이야말로 하늘이 만들어 준 생활의 시작이고, 좋은 첫인상은 행복한 삶을 만들어 주는 선물과도 같다.

첫인상이 좋아야 끌리는 인연이 되어, 세상살이를 순조롭게 하고 무난한 대인관계를 만든다. 살다 보면 사람의 인상도 변한다고 하지만, 좋은 인상을 가지고 태어난 것도 하나의 복이다. 남녀 간에도 첫인상이 사랑의 시발점이 되어 부부의 인연으로 이끌어 준다. 감성이 통하는 천생배필로 내 사랑 반쪽이, 나의 배우자가 되어 운명의 동반자가 된다.

사람을 만났을 때 0.25초 이내에 첫인상이 결정된다고 한다. 첫인상은 마음에서 느끼는 첫 순간의 느낌이다. 첫 만남에서 끌리는 개성과 단정한 옷차림으로 좋은 인상을 줄 수 있다면 멋있는 삶이 된다. 그렇게 호감을 느끼면 이후에도 만남을 이어 가게 된다. 사람의 외모는 세월에 따라 바뀌는데, 착하게 살면 인상도 좋아지고 여유로운 삶을 가질 수 있다. 좋은 품성과 성실함으로 신뢰감을 주는 사람은 정말 매력적이다. 첫인상은 또한 부모로부터 물려받은 운명의 선물이기에 내 운명의 첫 단추이기도 하다.

첫인상은 마음에서부터 오는 신뢰감이고 인간관계의 시발점이자 좋은 인연을 주는 신비의 끈이다. 그러기에 오랜 만남을 통해 얻은 벗과의 신뢰가 훼손되어선 안 된다. 항상 우의와 진실성을 가지고 긍정적인 인간관계를 만들며 서로 존중해야 한다. 신뢰를 잃는 것은 인생의 대부분을 잃는 것이다. 상실은 금방이지만 회복은 어렵다. 오늘까지 여러 형태로 만난 사람들과의 끈, 그 끈으로 연결된 인생길은 참으로 소중하고 값진 보물이다.

부부의 연은 하늘이 주신 으뜸의 은혜다. 첫인상에 끌려 사랑의 오작교에서 만나 서로의 반쪽 배우자가 된다. 첫인상은 동반자가 될 수 있는 출발점으로서 신뢰감이나 성실함을 느끼면 좋은 관계로 발전해 지속적인 만남을 만든다. 살아가며 희비애락을 나누고 애경사를 함께한 모든 사람을 사랑하고 배려하면서 참 좋은 이웃으로 함께 살아가야 한다. 첫인상은 마음에서 느껴지는 신뢰감으로 오랜 만남을 이어 주는 첫 번째 인연의 끈이다.

웃음은 만병통치약이다

웃음은 부작용이 없는 생명의 약이다. 웃음은 생각을 춤추게 하고 긴장을 풀어 주며 복과 활력을 주는 보약이다. 웃을 수 있다면 웃어라. 너털웃음도 좋다. 우리 생활이 메마르다 보니 웃을 일이 별로 없어 얼굴이 굳어 있다. 하루에 3번 이상 웃으면 인생 길이 확 바뀐다고 한다. 웃을 일이 늘 있지 않으면, 유머라도 즐겨야 한다. 유머야말로 생활과 인간관계의 윤활유다. 생신한 기운을 품어내는 유머러스한 사람은 매력 있다.

나이가 들수록 웃을 일이 적어진다. 아기들은 방긋방긋 웃음이 많다. 세상 모든 것이 신비로워 소리 내어 깔깔 웃는다. "처녀들은 말이 방귀만 뀌어도 뒤집어진다."는 소리도 있지 않은가. 장년이 되어 가며 웃음이 적어지고 웃음소리도 작게 낸다고 한다. 우린 여유가 생기거나 아이들의 재롱을 볼 때, 가정에 경사가 있을 때 비로소 웃는다.

하루에 15초 이상 소리 내어 웃으면 생명이 2일 연장된다고 한다. 신은 웃음의 선물로 우리의 건강을 돕고 있다. 나이 들면 목적 의식적으로 웃을 일을 만들거나 웃어야 한다. 웃을 수 있다면 TV

당신을 만나 행복합니다

코미디 프로를 보고 웃어도 좋고, 남이 웃으면 그저 덩달아 웃어라. 너털웃음이든 억지웃음이든 웃을 수 있다면 웃는 게 좋다.

석가모니 불상은 22%가, 성모마리아 상은 15%가 미소로 표현되어 있다고 한다. 이렇듯 성인(聖人)들도 웃음을 머금고 있는 것은 모든 행복의 근원이 웃음이라는 것 아닐까. 우리 생활의 상당 부분을 웃음 속에 살 수 있다면 그 사람은 참으로 행복한 삶을 사는 것이다.

웃어라! 복이 온다. 웃으면 운명이 바뀌고 건강해진다. 소문만복래(笑門萬福來)라고 했다. 오죽하면 TV 코미디 프로그램 이름이 '웃으면 복이 와요'였겠는가. 웃으면 문밖에서 노닐던 복(福)이 웃음소리를 듣고 집안으로 들어온다. 크게 호탕하게 소리 내 웃으면 기분이 좋아지고 주변까지 전파된다. 웃음 바이러스는 전파력이 강해 주위 사람까지 웃게 하고, 그 사람에게 깊은 인상을 심어준다.

힘들고 고달파도 웃으며 가자. 하루 3번 이상 웃으며 살자. 아이들은 하루 400번을 웃고 어른들은 15번 정도 웃는다고 한다. 언제나 서너 가지의 유머는 암기해 두었다가 수시로 사람들을 웃겨 보자. 웃음과 사랑이 명약 중의 으뜸이다. 돈이 드는 것도 아니다. 웃어서 행복해지고, 건강해지며 자신감이 생기는데 웃음을 피할 이유가 무엇이겠는가.

　명약 중의 명약, 웃음. 웃음은 생명 연장은 물론 행복지수를 높일 뿐 아니라 모든 병에 부작용 없이 효과를 볼 수 있는 만병통치약이다.

봄은 여자의 계절이다

이른 봄 따뜻한 햇살 속에 꽃무늬 화사한 원피스를 입고 활보하는 여인을 본다. 경쾌한 걸음걸이에 살랑살랑 봄바람이 치맛자락을 간지럽힌다. 공기 속엔 봄 내음이 향긋하다. 만물이 소생하는 봄. 연둣빛 가로수들이 나풀거리고 거리엔 화려한 옷차림의 처녀들로 온통 꽃길이다.

봄은 여자의 계절임이 분명하다. 매혹적인 봄, 여인의 자태야말로 봄이 왔음을 직관적으로 알리는 징표이기도 하다. 초미니스커트를 입은 아가씨의 패션이 때로 선정적으로 보이지만, 그 아름다움은 누구도 시비 걸 것이 아니다. 여인의 특권이라고 할까. 분명 여인은 꽃보다 아름답다.

이 세상에 여성이 없다면 그 얼마나 삭막하고 재미가 없을까. 여자가 있어 세상이 밝고, 여성의 따뜻한 감수성과 자태야말로 남성들에게 새로운 의욕과 경쟁심을 부추긴다. 훤칠한 키, 날씬한 몸매, 육체적 매력을 적절히 감춘 여성이야말로 새봄의 주인공인 듯싶다. 아름다운 자태를 뽐내며 걸어가는 여성을 보면 자연스레 시선이 간다.

요즘은 거리에 보이는 여성들이 모두 미인이다. 때론 얼굴이 비슷해 누가 누군지 구분하기 어려울 정도다. 아마 시대의 유행과 미적 기준이 일색화되는 것 아닐까. 서울의 명동과 강남역 길을 걷다 보면 유행의 첨단을 걷는 여성을 본다. 명품 가방을 든 멋쟁이 여성들이 마치 천사와 같다. 나는 대담하고 당당한 여성이 좋다. 자신의 멋을 알고 자신 있게 드러내며 젊음을 만끽하는 여성을 보면 보기도 좋고, 그 촉촉한 젊음이 꽃보다 아름답다.

젊음은 두 번 다시 오지 않는다. 젊음은 많은 돈을 들여 치장하지 않더라도 그 자체로 빛을 발광해 주변을 밝힌다. 젊음의 에너지는 함께 있는 이들을 들뜨게 만든다. 젊음의 특권이다. 자신이 가장 아름다울 때, 그 시절을 잘 알고 이를 가장 극적으로 즐기는 사람이 현명하다. 그래서 젊은이가 멋을 살리기 위해 패션을 고르고 살을 빼고 치장해 대담하게 도전하는 것은 언제든 찬성이다. 다시 오지 않을 계절을 한껏 즐기는 것은 젊었을 때에만 가능하다.

물론 나이 먹어 젊게 살 수도 있지만, 아무리 꾸며도 20대의 젊음은 흉내 낼 수 없다. 나이 들어 후회하기보다 젊었을 때 마음껏 만끽하라.

당신을 만나 행복합니다

봄은 여성의 옷맵시나 옷차림을 유난히 돋보이게 하는 감성의 계절이다. 멋지게 개성미를 연출하는 그 섹시한 자태에서 더욱 아름다운 젊음의 신비가 나온다. 유행을 선도하는 우아하고 싱그러운 패션을 당당하게 입은 여성, 이 여성을 신비롭게 빛내 주는 봄. 그래서 봄은 여자의 계절이다.

인생 목표를 세워라

인생의 목표야말로 삶을 결정한다. 인생 목표를 정하지 못하고 시간 낭비를 해서는 안 된다. 인생 목표는 반드시 필요하고 확고한 목표는 성공의 지렛대와 같다.

인생 목표가 있는 사람과 그 목표가 불투명한 사람은 생활과 가치관부터 다르다. 목표가 뚜렷한 사람은 시간이 소중하고 정보가 소중하다. 실패나 실수도 성공을 위한 지렛대로 삼는다. 목표가 없는 이는 목적의식적으로 노력할 그 무언가가 없기에 감흥도 없고 변화에도 무감각하다. 목표가 있는 사람이 큰일을 성취할 수 있다.

하지만 목표도 목표 나름이다. 우린 구체적인 실현 계획이 없는 뜬구름을 '공상'이라 한다. 목표는 달성 가능하고 현실적이며 그 계획은 세분되어야 한다. 목표가 크고 원대해도 결국 냉정한 타당성 분석이 앞서야 한다.

목표를 세웠으면 매일 자신의 실행을 점검하고, 합리적이고 효과적인 경로를 탐색해야 한다. 목표가 세부적이고 뚜렷할수록 실

당신을 만나 행복합니다

현 가능성은 높아진다. 경제적인 목표와 사회적인 측면을 고려하되, 목표 달성의 시점과 닥칠 난관도 미리 파악해야 한다. 산 정상에 이르는 길이 반드시 하나가 아니듯 목표 성취를 위해 가는 경로는 언제나 바뀔 수 있다. 그래서 목표 설정과 함께 위험요소에 대한 플랜B, 플랜C가 필요하다.

자기 암시를 통한 마인드 컨트롤도 중요하다. 난관에 부닥쳐도 침착하게 문제를 해결하는 자신의 모습을 그려 보면 나중 실제로 일이 벌어졌을 때 큰 도움이 된다. 대부분 일의 성패는 곡절을 겪을 때 어떻게 대처하느냐에 따라 결판나기 때문이다. 이런 정신적인 각오가 먼저고 그다음이 바로 강한 실행력이다. 내가 하는 일은 불가능이 없다는 마음가짐과 함께 어떤 경우에도 계획은 관철하는 실천력이 필요하다.

항상 '이번이 마지막이다, 나에겐 다시는 기회가 없다'고 생각해야 한다. 혼자 뛰는 레이스가 아니라 경쟁자와 앞을 다투는 생존 전투라고 생각해야 한다. 인생 목표가 확실하면 삶이 아름답고 가치 있다. 없다면 지금도 늦지 않았다. 작은 목표부터 하나씩, 그렇게 자신을 혁신해야 한다.

인생 목표 없이는 삶도 인생도 무의미하다. 먼저 현실적이면서 뚜렷한 목표 설정으로 무조건 성공할 수 있는 계획을 세워 자신만의 능력을 발휘해 성취하는 것이 최우선이다. 삶의 보람은 '영위'에 있는 것이 아니고 자신의 가치를 실현하는 데 있다. 많이 배운 이가 학습을 게을리 않고, 수백억 자산가가 새로운 인류의 가치를 찾아 새로운 도전을 한다. 늘 새로운 목표를 세워 땀 흘리는 사람이 바로 청춘이다.

사랑도 재충전이 필요하다

사랑도 사람이 하는 것이기에 늘 뜨겁고 좋을 수만은 없다. 사랑도 때로 몸살을 앓고 차갑게 식기도 한다. 재충전이 필요할 때가 있고, 때론 리모델링도 필요하다. 연인 시절의 콩깍지가 벗겨지고 생활에 쫓기고 고단할 때 점차 사랑이 식고 서로에게서 매력을 느끼지 못하면 파국을 맞는다. 처음엔 우리 사랑이 변치 않을 것처럼 생각했지만, 때로는 이상기류로 고민하기도 한다.

"부부싸움은 칼로 물 베기"라는 말도 있지만 실제 그런 부부싸움은 없다. 싸움은 상처를 동반하고 강해 보이는 강판도 반복되는 충격엔 결국 부서진다. 사랑이 병들면 당연히 치료가 필요하다. 그 치료는 빠를수록 좋다. 그러나 치료에 앞서 먼저 진단과 처방이 중요하다. 상대의 이해심을 따지기 이전에 무엇으로 불화가 시작되었는지를 성찰하는 것이 우선이다.

거친 말과 순간적인 실언으로 시작되었다면, 진지한 대화로 화해 무드를 조성하는 것이 좋다. "내가 먼저 잘못했지만, 너도 그만큼 잘못했어."라는 태도는 해결에 전혀 도움이 되지 않는다. 자신의 말을 사과하고 그 이후엔 예전보다 훨씬 두터운 애정으로 사랑해야 한다.

　오랜 악습의 문제라면 말로 하는 사과나 결심이 도움 되지 않을 때가 많다. 그럴 땐 먼저 변모한 모습을 보여 주는 것이 해결의 지름길이다. 아내가 싫어하는 잦은 술자리, 주사, 양말을 아무렇게나 던져 놓는 것, 양변기에 소변을 보며 늘 흘리는 문제 같은 것이다. 남자는 평소 대수롭지 않게 행동해 왔지만 결혼 후 울화통을 참아 왔던 아내의 화가 폭발해 싸우게 되었을 땐 남자의 행동 교정이 치유의 지름길이다.

　대화가 필요할 때가 있고, 경청만이 필요할 때가 있다. 대화로 인해 다시 싸움이 되고, 그 싸움이 회복 못 할 상처를 다시 주는 경우도 많다. 그래서 때론 반복해서 들어 주고 다시 들어 주는 것만으로도 상대의 화가 누그러지고, 또 상대편에게 자신이 했던 말을 다시 곱씹어 볼 기회가 생긴다. 그러나 당장이든 시간이 좀 흐른 뒤에든 반드시 대화가 필요하다. 대화 없이 그냥 어색한 분위기를 못 견뎌 모호한 화해를 선택하면, 나중엔 더 크게 곪아 터지기 십상이다.

　사랑하는 사람끼린 상하가 없고 평등하다. 반려자를 독립한 온전한 인격체로 존중하지 않으면 백약이 소용없게 된다. 부부간에도 예의범절은 꼭 필요하다. 사랑은 늘 몸살을 앓기 전 이상 신호를 보낸다. 짜증이 늘거나, 작은 일에도 거친 말이 나오거나, 서로 말을 하지 않는 것이 더 편하거나 하는 것들이다. 충분히 예방할 수 있다.

상대가 좋아하는 것을 찾아 해 주고, 반려자가 바라는 그 모습대로 맞춰 주는 것이 우선이다. 화해 무드는 서로 약속이나 한 것처럼 오기도 하지만, 때론 한쪽의 노력이 필요하다. 부부지간인데 못해 줄 것이 또 뭐가 있겠는가?

보통 남녀 간 환상적인 끌림의 유효기간이 3년이라고 하는데, 그렇다면 3년마다 리모델링하면 될 것 아닌가? 부부간에도 늘 새로운 매력을 줄 수 있는 사랑의 리모델링이 필요하고 신속한 대처가 필요하다.

돈은 삶의 보호막이다

돈! 있으면 든든하고 여유가 생긴다. 없으면 허전하고 아쉽기만 한 게 바로 돈이다. 그런데 돈 벌기가 쉽지 않다. 돈이 도대체 무엇이기에 사람을 웃게 하고 울리는 요술을 부리는가! 사람은 누구나 일터에서 돈 버는 기계처럼 열심히 일한다. 지금 세계 각국은 돈을 벌기 위한 무언의 전쟁 중이다. 첨단과학의 힘으로 새로운 상품을 만들어 수출하고자 이른바 '쩐의 전쟁'을 하고 있다.

돈에만 집착하다 보니 불법이 난무하고 사기와 위법이 판을 치고 짝퉁이 넘쳐 세상이 어지럽다. 무조건 돈만 벌면 된다는 얌체 인간들이 문제다. 예전엔 근면성실하면 평범한 삶을 꾸리며 먹고는 살았는데, 요즘엔 일자리가 없어 백수 문제가 심각하다.

사람은 부자가 되기 위해 근검절약하고 그 꿈을 위해 시련을 참는다. 돈은 벌기도 힘들지만, 돈을 쓰는 것도 중요하다. 쓸 곳에만 쓰고 낭비를 없애야 한다. 돈은 자기 노력의 결과이며 노동의 품삯이고 능력의 대가다.

순리대로 버는 것이 좋지만, 때로는 모험도 투기도 필요할 때가 있다. 돈은 힘이다! 타고난 재복이나 근검절약으로 평범한 삶은 만들 수 있다. 사람마다 주식도 하고 증권도 하지만 돈은 재복이 있어야 모인다. 돈이 있어야 인격도 만들고 품위도 만든다. 돈은 삶의 보호막이다. 돈이 사람을 비굴하게 만들기도 하고, 돈이 허세도 만든다. 돈! 돈! 돈! 돈이 뭔데 사람을 위축시키고, 그 반대로 멋지게 보이게도 하는가!

돈 욕심이 적당하면 행복을 만들어 낼 수 있다. 돈의 위력이 대단해서 있으면 기분 좋고 생활이 안정되어 행복한 삶을 만들어 갈 수 있다. 돈은 늙어서 절대 필요한 보호막이다. 심지어 돈이 있으면 사랑도 쉽게 얻는다. 그러나 돈에 너무 집착해 돈만을 좇다 보면 큰 사고의 원인이 되기도 한다. 과욕을 버리고 내 능력만큼 벌어야 한다.

돈. 돈. 돈! 돈이 따라 주어야지, 강제적으로 돈이 벌어지는 게 아니다. 먼저 돈의 소중한 가치와 필요 목표를 정해 노후 대책을 꼼꼼히 세워 삶의 낭만이나 기쁨 그리고 보람을 얻을 수 있도록 돈을 절약해야 된다. 돈이 없으면 개고생이다.

젊음은 야망이다

남몰래 품고 있는 큰 희망, 이것이 야망이다. 야심이라는 부정적인 느낌도 있지만, 커다란 꿈을 향한 희망이라는 긍정적인 의미가 더 많다. 비록 지금의 처지가 작고 보잘것없지만 그 끝은 창대하리라는 믿음과 꿈 말이다. 젊음과 야망은 일란성 쌍둥이와 같다. 젊어서 꿈을 꾸고, 젊기에 세상 물정 탓하지 않고 꿈을 꾼다. 젊음이의 자신감과 투지는 하늘을 뚫을 힘이 있다. 젊음이 귀하고 장한 이유다.

젊어 고생은 사서도 한다는 말이 있듯, 젊어서 고생은 미래를 위한 투자이며 힘이다. 청소년 시절 은사님은 "야망은 젊음의 상징이고, 그 위력"이라고 하셨다. 조국을 위해 기꺼이 몸을 던지고 무슨 일이든 최고가 되겠다는 그 결기가 바로 야망이다. 나이를 먹으니 은사님의 말이 더욱 실감나게 다가와 젊음의 위력을 느끼게 된다.

요즘 젊은이들은 다소 위축되어 있다. 야망과 비전을 꿈꾸기보다는 안정된 공무원을 선호하며 기업체 입사를 위해 도서관을 전전하거나 노량진 학원에서 청춘을 보내기도 한다. 취직 그 자체

당신을 만나 행복합니다

가 젊음의 목표가 되어 버렸고 생존을 위한 필사의 관문이 되어 버렸다. 야망이나 꿈은 아주 귀한 단어가 되어 버렸고, 생존을 위해 하루의 끼니와 교통비를 걱정해야 한다. 이런 젊은이들을 보고 있자면 너무나 애처롭고 안타깝다.

뛰어난 재능과 끈기를 가진 젊은이들이 취업이라는 굴레를 벗고 꿈을 향해 과감히 돌진해 우리 사회가 낭만과 젊음으로 가득 찼으면 한다. 4차 산업혁명으로 일자리는 줄어들고 취업의 문은 더욱 굳게 닫혀만 간다. 그러나 젊은이들이여! 야망을 품어라! 청춘에겐 시간이 있고, 열정이 있기에 불가능은 없다. 야망을 품고 내일을 위해 살자.

우린 강철보다 강인한 은근과 끈기의 민족이다. 아무것도 없었던 세계 최빈국이 전쟁의 잿더미에서 오늘을 일구었다. 과거에도 그랬지만, 오늘날에도 여전히 나라의 장래는 청년에게 달려 있다. 전후 세대가 한강의 기적을 일구었다면, 지금의 청년세대는 독보적인 기술과 아이템으로 세계 시장을 개척해야 한다. 북 핵과 미사일 위협 등으로 국론이 분열될까 걱정된다. 우리만의 노하우로 세계 속의 강국 대한민국으로 거듭나길 바란다. 북한보다 압도적인 경제력으로 동북아 관계를 주도할 때 새로운 평화의 시대를 열 수 있다.

우리나라는 노동력의 규모나 자원, 시장 조건을 모두 고려해도 좋은 상품의 수출 외에는 답이 없다. 세계시장의 흐름에 민감하게 반응하고, 주도할 새로운 영역을 개척하는 것만이 살길이다. 난 우리의 청년들이 이 역할을 해 주었으면 한다. 젊은이들이 원대한 야망과 꿈을 가지고 위풍당당하게 새로운 꿈을 향해 가야 한다.

젊은이들이여, 야망을 가져라!
젊음은 야망이다. 드높은 창공을 날 수 있는 비전과 야망을 갖고 밝은 대한민국을 만들어야 한다.

말은 품위 있게

사람의 일상은 말과 말의 연속이다. 사람은 생각할 수 있고 양심이 있으며 세상 만물 중 가장 뛰어난 표현을 할 수 있기에 '언어'야말로 사람을 만물의 영장으로 만든 일등공신이다.

말 한마디에 천 냥 빚도 갚지만, 말 한마디에 죽고 살기도 한다. 온갖 갈등과 고통, 사고 또한 말로 빚어질 때가 많다. 말은 주워 담을 수 없기에 말을 쉽게 해선 안 된다. 진중하고 진실한 말만을 마음에서 걸러 내야 한다. 부드러운 말 한마디로 살생도 면할 수 있다.

진심 어린 말만 해야 한다. 실천할 수 있거나 현실성 있는 말을 하고 그 내용은 상대와 공감할 수 있는 것으로, 태도는 상대의 입장에 서서 말하는 것이 좋다. 같은 말이라도 환경이나 감정, 작은 표현과 톤에 따라 전달되는 의미가 달라진다. 말의 메시지도 중요하지만, 사람들은 말하는 사람의 태도에 더 큰 영향을 받는다고 한다.

말은 짧으면서도 신중하고 명확하게 해야 한다. 요점을 간추려서 하되 듣기 편하고 부드러운 대화를 이어 가는 것이 좋다. 혹 상처를 주는 말이나 상스러운 말은 자신의 인격을 스스로 비하하는 것과 같다. 공감을 얻지 못하는 말은 허공에 댄 중얼거림과 같다. 농담과 진담도 구분해야 한다. 상대의 심리 상태도 파악하지 않고 던지는 가벼운 농담이 자칫 상황에 맞지 않아 오해를 부를 수 있다.

말버릇을 고치면 운명이 변한다. 항상 상대의 인격을 존중하며 대화해야 한다. "침묵은 금"이라는 격언은 진리다. 말은 하는 것보다는 듣는 것이 좋다. 경청하는 이에게 사람은 매력을 느끼고 자신의 진심을 토로한다. 흉을 보거나 남의 말을 옮기며 불필요한 잡담을 자주 하면 실없는 사람으로 전락한다. 말이 곧 그 사람의 인격이요, 품위를 결정한다.

내가 뱉은 말의 95% 정도가 다시 나에게 영향을 미친다. 아침에 하는 첫 말은 매우 중요하여, 긍정적이고 좋은 말을 하면 삶은 더욱 풍요로워지고 일상에 활력이 생긴다.

상황과 공간에 맞는 말을 선별하는 것도 중요하다. 그때그때 필요한 대화 내용을 분위기에 걸맞게 해야 한다. 고운 말로 서로를 고무하며 화기애애한 분위기를 만들 수 있는 비법은 바로 좋

당신을 만나 행복합니다

은 인품에 있다. 너무 고상하게 격식을 차리면 상대에게 부담을 준다. 소박하면서 부담 없는 말이 오히려 공감을 준다.

말로 인해 전쟁도 일어나고 행복을 선물하기도 하며 상처와 사랑을 만들기도 한다. 말 잘하는 것은 자신의 품격을 높이는 것이다. 조리 있고 정확하게 말하며 본뜻을 거침없이 전할 수 있는 사람이 말 잘하는 사람이다. 그러기에 말은 인격이고, 말을 잘하기 위해선 먼저 자기 수양이 필요하다.

책으로 배운 지식을 통해 간접 경험을 쌓고, 사리 판단을 명확하게 해서 적절한 대화를 이끌어야 한다. 자기 말만 앞세우거나 일방적으로 대화를 주도해선 안 된다. 자기중심적인 사람과는 대화를 섞고 싶어 하지 않는 것이 인지상정이다. 늘 상대와의 공감을 확인하고, 말은 진실하게 하되 여유 있는 태도를 가져야 한다. 그것이 인격이며 상대에 대한 최고의 예우다.

"침묵은 금이다"라는 말과 같이 말을 하기보다는 듣는 편이 좋다. 품위 있는 말은 나의 인격이다.

part 2 _____

●

운명과 선택

일단 주목받는 사람이 되자.

주목받지 못하면 존재감이 떨어지고 세월이 흐르면 상실감이 온다.

운신의 폭이 좁아질 수밖에 없다. 주목받으려면 내 존재를 알리고 인
정받을 수 있는 굳건한 생활을 꾸려야 한다.

꼭 필요한 5초의 여유

5초의 여유야말로 행복을 만들어 가는 첫걸음이다. 우리 국민 중 상당수가 성급하며 과격한 성품을 가졌다. 여유는 마음이 넉넉한 가운데 나오는 느긋함이고, 조급함은 마음의 갈급함에서 나오는 쫓김이다. 살아가며 5초의 여유를 갖는 것이 지혜로운 삶이다. 순간적으로 욱하거나 참을성이 없으면 사고의 원인이 되고, 어떤 이의 적이 되기도 한다. 잠깐 5초간 생각해 보는 여유가 후회 없는 삶을 만들어 간다.

세상이 빠르게 변하다 보니 'Yes' 혹은 'No'를 빨리 결정해야 한다. 빠른 판단과 타이밍은 사업에서 좋은 역할을 하기도 한다. 사업을 하거나 업무를 처리할 때, 물건을 사고팔 때는 즉각적인 확답이 필요하기에 5초의 여유는 승패를 가르기도 한다. 급할수록 5초의 여유가 필요하다. 다시 한 번 생각해 보는 여유, 이것이 성공의 비결이다.

그러나 지나친 여유는 사업을 망쳐 일을 어렵게 만든다. 5초란 매우 짧은 시간이기에 인생에서 무슨 판단을 하든, 잠시 여유를 가지는 습관을 들이면 빠른 판단력을 기를 수 있다. 그래서 5초의 여유는 현명한 생활 수단이자 지혜로움이다. 오히려 5초의 여유가 실패나 시간의 낭비를 줄여 준다.

요즘 세상을 살아가려면 총명함은 물론, 재운이나 출세운도 있어야 한다. 생활은 일상의 모든 선택으로 이루어지기에 5초의 여유를 가지면 좋은 성취를 이룰 수 있다.

우린 가끔 어떤 물건을 나중에 꼭 필요할 것으로 생각해 충동구매를 하기도 한다. 그런데 사들이는 순간 5초만 다시 생각한다면 정말 필요한 것인지, 나중에 자신이 쓸 것인지를 종합적으로 판단할 수 있다. 홈쇼핑이나 광고를 보면 이번 기회를 놓치면 후회할 것처럼 선전한다. 유례없이 싼 가격이라는 말도 빼놓지 않는다. 그러나 싸다고 해서 꼭 필요한 물건인 것은 아니다. 이렇듯 5초의 여유는 성공의 비결이며 혹여 감정적 속단을 피할 수 있는 시발점이 되기도 한다.

5초의 여유는 살인도 면할 수 있는 내 마음의 여유이고, 이 여유는 자신감과 충만한 생동감을 함께 준다. 5초의 여유는 살아가는 데 필요한 최소한의 여유이고 지혜로운 생활 수단이며, 실패를 줄이는 빠른 선택의 길이다.

도전해야 길이 있다

도전하는 삶이 아름답다! 도전해야 길이 열리고 성취의 결실을 맺는다. 정상에 오르려면 모든 고초를 감내해야 한다. 올림픽에서 금메달을 목에 건 선수를 보면 너무나 자랑스럽고 대견하다. 그러나 화려한 시상식 뒤에는 폭염과 혹한의 계절, 뼈를 깎는 연습이 반복되었을 것이다. 수년 동안 같은 연습을 끊임없이 하고 체중 감량을 위해 땀복을 입고 뛰었을 것이며, 또 어떤 선수는 근육량을 늘리기 위해 식단 조절을 했을 것이다.

IMF 시절 우리 국민에게 큰 위안을 주었던 박세리 선수나 피겨 스케이팅 김연아 선수, 리듬체조 손연재 선수, 수영의 박태환 선수를 보면 장하다는 마음과 안쓰러운 마음이 교차한다.

모든 싸움은 자신과의 싸움이고 성적 또한 땀의 결실로 얻어지기에 귀한 것이지만, 올림픽에선 금메달만이 집중 조명을 받는 현실이 안타깝기만 하다. 순간의 실수로 월계관을 놓친 선수들의 눈물을 우린 얼마나 많이 보아 왔던가. 모든 도전에는 성공의 영광과 실패의 위험이 따른다.

당신을 만나 행복합니다

산악인, 연예인, 경영인 등 하는 일은 달라도 자신의 세계에서 최고가 되겠다며 끊임없이 도전하는 사람은 아름답다. 그들은 현실을 직시하되 만족하지 않았다. 자기 자신에게 들이민 채찍을 기꺼이 감내하고 노력한 이들이다.

만성적인 청년실업 속에 젊은이들은 정말 생존을 위해 발버둥치고 있다. 현실이 암울해도 결코 실망하거나 포기하지 말고 끝까지 도전하라고 당부한다. 지금 세계 경제는 두뇌 전쟁의 시대다. 누가 먼저 새로운 가치, 문화를 선도할 명품을 만들어 내느냐에 따라 시장의 판도가 바뀐다. 과거와 같은 전 세계적인 부흥은 꿈도 꾸기 어렵다. 지금은 자본력이 국력이며 그 자본력으로 기술력을 확보하고, 가격경쟁력을 위해 인도나 말레이시아와 같은 저임금 국가로 공장을 통째로 옮기는 시대다.

우리나라는 세계에서 가장 높은 IQ를 가진 민족이다. 현명하다는 유대인(이스라엘)도 IQ는 세계 8위 수준이다. 2차 세계대전 이후 유래 없는 기적의 성장을 일군 민족이 바로 우리 민족이다.

물론 도전하지 않으면 실패도 없다. 하지만 도전도 실패도 위험도 없는 삶에 무슨 재미가 있겠는가. 목표를 세우고 그 목표를 달성하기 위한 구체적인 계획을 세워 한 걸음씩 실천한다면, 그

땀은 반드시 보상받는다. 그 희열이 바로 사는 맛이고, 인생의 가치다. 성공한 인생을 위해선 위험해도 도전해야 하며, 그 도전의 시점은 바로 지금 당장이다.

당신을 만나 행복합니다

옷차림도 개성이다

현대는 멋과 개성의 시대다. 좋은 옷차림과 세련된 감각이 매력적인 사람으로 만든다. "옷이 날개"란 말이 재삼 실감 난다. 옷차림에 따라 10년도 젊게 살 수 있으며 주위 사람에게 좋은 인상을 심어 줄 수 있다. 정장이든 캐주얼차림이든 화사한 색상이 깔끔한 조화를 빚어내면 탁월한 옷차림이 된다. 작은 소품 하나가 옷의 맵시를 살리기도 한다. 이렇듯 옷차림, 패션 감각은 사회생활의 귀중한 자산 중 하나다.

때와 장소에 걸맞게 맵시를 내는 이가 멋쟁이다. 양복은 상하가 일치하도록 입고, 색상은 조화를 생각해야 한다. 조화가 없으면 현란하기만 하고, 때로 시선이 옷에만 머물기도 한다. 좋은 옷차림은 그 사람의 얼굴과 체형, 모든 것을 돋보이게 만들어 준다.

남성 정장의 경우, 슈트와 와이셔츠의 조화 속에 어울리는 넥타이 선택이 결정적이다. 캐주얼 정장은 벨트나 바지의 색상, 양말과 구두 선택이 중요하다. 시계, 지갑, 손수건 역시 잘 어울리는 것으로 해야 한다. 명품이라고 빛을 발하는 건 아니다. 중요한 것은 조화와 감각을 살리는 옷맵시다.

나이 들면 헤어스타일과 구두에 더 많은 신경을 써야 한다. 옷차림에 신경 쓰고 감각만 익혀도 10년 젊어 보이는 건 일도 아니다. 좋은 옷맵시가 빛나려면 자세 또한 중요하다. 당당하게 가슴을 펴고 시선을 전방에 두고 힘 있게 걸어갈 때 남자는 멋져 보인다. 아무리 그럴듯한 옷차림을 해도 걸으며 핸드폰에 빠져 휘청거리거나, 자세가 구부정해 건강미가 보이지 않으면 허사다. 자세와 옷차림은 서로 떨어져 있지 않다.

멋진 패션 감각은 사람을 10년 젊어 보이게도 하지만, 실제 영혼을 젊게 만들기도 한다. 스스로 나이 든 것을 잊고 젊은이처럼 사고하고 행동하며, 자신도 모르게 더 열정적으로 하루를 설계하고 살아간다. 옷차림과 문화는 이렇듯 사람의 마음에도 뚜렷한 영향을 준다. 젊음의 엔돌핀이 이 단순한 옷차림에서도 나올 수 있다는 것이 재미있다.

옷이 날개라는 말이 있듯, 옷은 사람을 만들고 잘 어울리는 옷은 사람의 세련미를 돋보이게 해 인생을 멋지게 만든다. 현대 감각에 맞는 옷을 맵시 있게 입고 경쾌하게 활보하자. 우린 언제나 젊게 살 수 있다. 이 또한 삶의 지혜다.

먼저 건강하게 가슴을 펴고, 반듯하고 당당한 자세와 멋진 옷차림의 세련미가 조화를 이룰 때 패기와 젊음이 더 한층 돋보일 것이다. 영혼이 젊고 건강한 사람의 향기는 옷차림과 행동에서도 배어 나오기 마련이다. 옷을 깔끔하고 맵시 나게 입는 건 자신에 대한 존중이기도 하고 타인에 대한 좋은 마음이기도 하다.

긍정적인 생각으로 살아가면

긍정적인 사람은 사리 판단이 분명해 가치관과 생활도 안정되어 있다. 이를 기반으로 여유로움과 자신감으로 성공을 끌어낸다. 세상을 긍정적으로 보고 순리대로 원만하게 살면 의욕도 생겨 새로운 힘이 넘친다. 긍정적인 사람은 진취적이며 꿈을 품은 미래지향적인 사람이다. 내 삶은 내가 개척해야 한다. 항상 올바른 말과 행동을 하고 긍정적인 생각으로 살아가면 삶에 대한 가치관이 바뀌고 참삶을 모색하게 된다.

부정적인 생각으론 그 무엇 하나 성취할 수가 없고 올바른 삶을 만들어 갈 수 없다. 자신의 결함을 두려워해 위축된 사람은 절대로 큰 인물이 될 수 없다. 속이 좁은 사람은 항상 열등감을 느끼며 불평불만이 쌓여 삶이 재미없고 하루하루 매사가 고통이고 짜증스럽다. 부정적이고 비뚤어진 생각은 결국 하루하루를 무의미하게 받아들여, 결국 인생도 무의미해진다. 불안과 초조로 하루하루를 사는 건 고역 아니겠는가?

긍정적 마인드는 하루하루 생활을 재미있게 만든다. 즐거우니 생동감 넘치는 시간을 보내며 인생을 즐기게 된다. 긍정적인 생

당신을 만나 행복합니다

각에 칭찬을 아끼지 않는다면 더없이 좋은 삶이다. 사회적으로 어려운 이웃을 위해 봉사하며 마음의 안식을 얻는다면 더할 나위 없다.

건강한 육체, 따뜻한 마음을 유지하며 부모에게 효도하면서 옳은 일만 하고 건설적인 삶을 살자. 그러면 원하는 목표에도 성큼 다가갈 수 있다. 긍정적으로 살아가면 모든 소망이 이루어진다.

세상을 긍정적으로 살아간다면 삶이 즐겁고 아름답다. 긍정적인 생각으로 살면 의욕이 샘솟고 세상살이도 맛깔 난다.

올바른 생각이
올바른 행동을 만든다

생각을 바꾸면 행동도 바뀐다. 바른 삶은 사회를 아름답게 만들고 나 또한 행복하게 만들어 준다. 요즘은 사람들이 다소 이기적이고 자기 위주로 살아가는 느낌이 든다. 서로 못 믿는 불신 풍토가 팽배하고, 너나없이 돈만을 좇으니 삶이 살벌하고 혼탁하기만 하다.

바르게 살면 손해를 본다는 통념이 있으니, 법을 잘 지키는 사람이 오히려 바보가 되는 현실이 안타깝다. 양심과 도덕은 간데 없고, 자기 잘못을 남에게 전가하는 야비한 행동들이 사람의 마음을 혼란스럽게 한다. 책임도 피해도 남에게 전가하려는 비양심의 살벌한 위선 사회에서 살아간다.

새로운 시대에 걸맞은 안목을 키우고 생각을 바르게 하면 자신의 운명을 바꿀 수 있다. 조금 어렵게 사는 것이 결코 내 팔자가 아니다. 내 능력 부족이고, 아직 기회가 오지 않았을 뿐이다.

혹시 사회복지제도를 이용해 그저 편히 살려는 사람이 있다면

당신을 만나 행복합니다

생각을 고쳐먹어야 한다. "일하지 않으면 먹지도 말라"는 말이 있다. 지금 우리 사회에서 신용이나 약속은 공수표가 되고, 서로 못 믿어 오직 현찰만을 주고받는 냉정한 불신세상이 되었다. 조금은 양심을 갖고 상대방 처지에서 세상을 보면 좀 더 밝은 세상이 보일 것이다. 좋은 생각이나 행동이 살맛나는 세상을 만들 것이고, 올바른 생각이 올바른 행동을 만들어 결국 삶과 사회를 아름답게 만든다.

혹시 부정적이고 삐딱한 사람이 있다면 이렇게 권하고 싶다. 마음을 바꾸면 행동이 바뀌고, 행동이 바뀌면 매사가 순조롭고 마음이 안정되어 자신의 삶이 달리 보일 것이다. 하루하루의 삶이 아름답고 매 순간 여유로움을 즐길 수 있는 능력을 얻게 된다.

매사를 상대 입장에서 이해하고 양보하면 세상이 넓고 밝게 보인다. 오직 자기 입장에 갇혀 불신과 냉소의 벽을 쌓게 되는데, 앞으론 타인의 입장에서 상대를 보고 생각하면 지혜가 생기고 세상이 달리 보인다. 타인의 입장에서 자신을 보고 세상을 보면 한결 여유롭고 아름답게 보일 것이다.

주목받는 삶

일단 주목받는 사람이 되라. 주목받지 못하면 존재감이 떨어지고 시간이 지나면 상실감이 온다. 운신의 폭이 좁아진다. 주목받으려면 내 존재를 알리고 인정받을 수 있는 모범적이며 굳건한 생활을 꾸려야 한다. 새로운 도전도 하고 정력도 써야 한다. 자고 나면 새로운 물건이 쏟아져 들어오는 요즘 시대에 우물쭈물하다 보면 뒤처져 결국 주위 사람들의 관심에서 멀어진다. 그저 자연스레 남들이 알아주겠거니 하는 생각은 착각이다.

사람들의 시선에서 멀어지면 존재 가치가 평가 절하되어 능력을 발휘할 기회조차 얻지 못한다. 사람의 관심과 선택에서 멀어진 이는 외롭고 맥 빠진 삶을 살게 된다. 사람은 누구나 자신의 머리에 각인된 이를 먼저 찾게 된다.

그러나 인간관계는 일방적이지 않은 상호 관계다. 자신이 주목받는 사람이 되려면 상대의 열정과 재능을 먼저 인정해 주어야 한다. 내가 그에 대한 호감과 관심을 가질 때 그 역시 나를 생각하고 인정해 준다. 사람의 사회적 욕구 중에 가장 큰 것이 '인정의 욕구'라고 한다. 내가 동조하고 인정해 주면 상대 역시 나의 존재 가치를 인정해 준다. 사람들의 주목을 받고 관심을 받는 일은 행복하다. 나이 들어갈수록 이런 경향은 더욱 강해진다.

정상에 오른 사람은 그만큼 땀 흘리며 고통을 감내한 결과 그 자리에 있는 것이다. 우리 주위에는 최고가 되기 위해 오늘도 기꺼이 고난을 받아들이며 치열하게 노력하는 사람이 많다. 사람들에게 주목받는다는 것은 그저 호감의 친목 관계로 이루어지지 않는다. 공부도 많이 해야 하고 실제 실력을 키워야 한다. 조직운영 경험과 대인관계에서 보이는 품성 또한 중요한 조건이 된다. 즉, 생동감 넘치는 열정 어린 삶을 살다 특정 조건에서 운이 맞아야 크게 주목받는 사람이 된다. 모든 노력이 하루아침에 보답받는 것은 아니다. 리더십과 특별한 재능 또한 일관된 삶 속, 어떤 계기로 인해 화려하게 떠오르며 인정받는다.

흔히 "사람 인생 모를 일"이라고 한다. 한때 잘나가던 사람이 비참하게 추락하기도 하고, 변방의 야인이 일약 스타로 등극하기도 한다. 그러나 이 운명의 장난에도 일관된 섭리가 있다. 꾸준한 노력으로 얻어 낸 것이 실제 실력이다. 명성은 높지만 실력이 들통나면 사기꾼으로 전락하고 마는 허명과는 다르다. 비록 야인이지만 실제 실력을 인정받으면 누구도 시비할 수 없는 강력한 실력자로 주목받게 된다.

주변을 둘러보면 좋은 재능을 가지고 있음에도 두각을 드러내지 못하고 만년에 좌절하는 사람을 보곤 한다. 어떻게 보면 재능이란 성공의 한 요소일 뿐, 재능과 잠재력이 모든 것을 좌우하진 않는다. 성공한 사람들의 후기를 보면 공통점이 있다. 자신의 잠재력도 중요하지만, 더욱 중요한 것은 강력한 성취욕과 목표의식이라는 것이다. 좋은 재능을 가지고도 세월과 때를 탓하다 대기만성도 못하는 이들이 있는가 하면, 부족한 재능이라도 뚜렷한 목표의식과 강력한 성취욕으로 두각을 드러내는 사람이 있다. 어찌 보면 재능이란 것도 가변적인 것이고, 또 어떤 이의 재능은 사람과의 만남을 통해 극적으로 꽃을 피우기도 한다. 수많은 예술가와 기업인, 철학가들은 자신을 성공시킨 가장 중요한 요소로 '사람'을 꼽는다. 강렬한 영감과 메시지, 관점을 선사한 은사가 자신의 묻혀있던 재능을 꽃피우게 한 것이라고 말이다. 역시 중요한 것은 자신과 일에 대한 뚜렷한 관점이다.

건강은 재산 목록 1호다

건강을 잃으면 인생 전부를 잃는 것이다. 건강은 건강할 때 지켜야 한다. 꾸준한 운동과 끊임없이 움직이는 생활이 필요하다. 하루 30분 이상의 운동에 지속적인 투자를 해야 한다. 건강은 자신과 싸움인데, 스스로 실천 의지를 세워 삶의 법도처럼 받아들여야 한다. 식생활이 윤택해지면서 비만인구가 많아졌다. 비만은 새로운 만병의 근원이 되고 있다. 무분별한 염분과 설탕 섭취도 질병의 원인이다.

운동 부족과 잘못된 식생활이 건강을 해친다. 돈 많고 명예가 높아도 건강하지 못하면 모두가 허망한 삶이다. 인생을 멋지고 즐겁게 살려면 건강이 최우선이다. 건강이야말로 재산 목록 1호다. 몸이 건강하면 무엇이고 할 수 있다. 오늘부터 체력 관리 차원에서 운동을 시작하라. 작심삼일이 되지 않도록 굳게 다짐하고, 유산소 운동이나 근육운동을 무리하지 않게 땀이 날 정도로 시작하는 것이 좋다. 꾸준히 하면 마음도 상쾌하고 자신감도 생겨 하루가 가뿐하다.

내 몸은 내가 보살피고 내가 지켜야 한다. 건강하면 자연스럽게 환희의 감정과 인내심이 싹튼다. 물을 적당히 마셔라. 물의 선택도 중요하다. 체력은 꾸준한 운동과 식생활 개선과 같은 체계적인 관리에서 나온다. 게으름은 만병의 원인이기에 아침 일찍 일어나 적당히 운동하고 주어진 일에 충실하자. 조급히 서두르지 말고 매사를 여유롭게 설계하면서 일은 명확하게 처리하자. 그런 삶이 행복의 첫걸음이기도 하다.

모든 병은 마음에서 오기에 언제나 굳건한 신념을 갖고 왕성한 활동을 해야 한다. 마음이 나약해서 병에 걸릴까 봐 걱정하면 정말 병에 걸릴 수 있다. 항상 자신감을 가지고 정서적인 안정을 유지하면 병을 멀리할 수 있다. 좋은 일을 많이 하며 기분 좋은 에너지로 즐겁게 살고, 소식하면 오래오래 건강하게 살 수 있다.

체력은 국력이다. 건강 검진을 주기적으로 받고 예방주사도 철따라 맞아야 한다. 나이 들면 일찍 자고 일찍 일어나 빨리 걷기, 등산, 근육 운동을 꾸준히 해야 한다. 특히 당뇨환자는 조금 빠르게 걷기를 30분 이상 꼭 해야 한다. 건강이야말로 재산목록 1호다. 즐거움과 행복이 시작이 건강이다. 건강하면 백세인생도 멋지게 살 수 있다.

늙고 병들어 죽는 것은 생로병사의 이치다. 마음이 굳건해 신념이 확고하면 건강하고 멋진 삶을 살 수 있다.

당신을 만나 행복합니다

소통은 자신의 표현이다

뜻이 서로 통해 오해가 없음이 소통이다. 소통은 상대에 따라 달라지는데, 말이 거칠면 소통도 거칠고 호감을 느끼면 다정한 말이 자연스레 나온다. 좋은 분위기에서 소통하면 좋은 마음으로 좋게, 나쁜 마음에서 소통하면 불편한 심기가 여지없이 삐져나오기 마련이다.

만일 어떤 사람이나 일로 화가 났다면, 마음속에 품고 있던 격앙된 감정을 쏟을 것이 아니라 차분하고 이성적으로 표현하는 것이 좋다. 현대인들은 감정적인 것은 감정적으로 표현하는 경향이 있는데, 이럴 경우 소통지능이 낮아진다. 천박한 감정이나 분노를 품위 있게, 이성적으로 하는 게 좋은 소통이다.

감정 소통, 이성 소통보다 좋은 것은 영감 소통이다. 영감 소통은 표현이 아닌 내면의 소통이다. 긍정과 희망의 마음은 언어를 뛰어넘어 육감으로 다른 사람에게 제대로 전달할 수 있다. 숨 쉬는 것처럼 자연스럽고 인위적으로 표현하지 않아도 전달되고 확장되는 것이 바로 영감 소통이다.

소통은 단순히 메시지를 주고받음을 의미하지 않는다. 말을 건

넬 준비가 되어 있어야 하고, 상대의 말을 충분히 들을 준비 역시 필요하다. 체면과 두려움으로 말문을 열지 못하면 소통할 수 없기에 항상 친근함과 다양한 소재로 대화에 몰입해야 한다.

목소리, 눈빛, 표정, 몸짓, 어휘 등 소통에 긍정적인 영향을 주는 비언어적 표현 방식에도 주목해야 한다. 소통을 잘하는 사람은 대화의 키워드를 잘 활용해 듣는 이가 지루함 없이 듣도록 하며, 간단한 대화로도 충분히 소통 가능한 이야기를 풀어낸다. 밋밋한 대화보다는 핵심이 잘 정리된 깔끔하고 체계적인, 주제가 명료한 대화가 감동을 둔다.

세상의 많은 문제는 말을 가려 하지 않아서 생긴다. 소통에도 5초의 여유가 필요하다. 동창회, 친목회, 각종 모임에도 회원끼리 소통이 없으면 점점 줄어든다. 모임은 팍팍해지고 동기 부여가 되질 않는다. 소통은 효과적인 경영 관리의 방법이기도 하다. 구성원들이 원활하게 소통하고 서로의 주장이 영향을 줄 때 사람들의 욕구가 충족되며 조직에 귀속감과 애착을 가지게 된다.

소통은 자신의 표현이다. 감정, 이성, 영감을 적절히 표현하는 사람이 바로 소통지능이 높은 사람이다. 소통은 또한 모두 나의 책임이기도 하다. 세상은 소통이다.

당신을 만나 행복합니다

작은 일에 더 신경 쓴다

사람들은 보통 자기 본위로 살아간다. 그리고 대부분 작은 일에 더 많은 신경을 쓴다. 그냥 넘어갈 수 있는 일에 얽매어 어리석은 실수를 한다. 즉, 내 생각만이 옳다고 생각해 우기고, 제 뜻이 관철되지 않으면 심란해한다. 작은 일에 신경 쓰다 이 작은 일이 더 큰일로 발전하기도 한다. 작은 갈등이 다툼으로, 다툼이 상처를 만들어 인생을 망칠 수도 있다. 때론 문제를 키워 갈등의 계기가 되기도 한다. 웃자고 한 말이지만, 오해가 생기면 죽자고 달려든다.

그런데, 정말 내 생각이 옳았는지를 돌아보는 사람은 얼마나 될까. 세상이 각박하니 사람들은 이해나 양보보다는 무조건 이기려는 경쟁심과 자존심을 먼저 내세운다. 승리하고자 하는 집념, 절대로 당하지 않겠다는 피해의식이 매사 작은 일 하나하나에 승부를 걸게 한다. 작은 일에 목숨 거는 인생이 된다.

인생에는 갖가지 곡절과 갈등, 부딪힘이 산재해 있다. 때로 단순해 보이는 현상도 그 이면엔 복잡한 이유가 숨어 있는 것이 사람이다. 자기 생각만이 옳다고 무조건 밀고 나가서는 안 된다.

또 농담이라도 상대를 깎아내리거나 희화해선 안 된다. 그 자리에선 웃을지 몰라도 돌아서선 서운해한다. 다음에 비슷한 농담을 하면 버럭 짜증을 내는 그이의 모습을 보게 될지도 모른다.

경제가 어려우니 인심은 각박하고 의견 충돌은 더 치열한 싸움으로 번진다. 생활이 어렵다보니 그냥 넘어가거나 참을 일도 짜증이 폭발하고, 이해관계에 민감하게 반응해 의견충돌이 생길 수 있다. 사람은 큰 잘못은 오해나 실수로 간주하고, 오히려 작은 일에 더 많은 신경을 쓰고 용서나 양보를 하지 않는다. 돌아보면 별것도 아니고 시시한 다툼뿐이다.

한발 더 양보하자. 양보하는 것은 지는 것이 아니라 더 큰 사람이 되는 것이다. 강자에게 약하고 약자에게 강해선 안 된다. 진정한 강자는 주변인이 뭐라 하건 자신만의 중심으로 의연하고 굳건하게 극복해 가는 사람이다. 강한 자가 이기는 것이 아니라, 이기는 자가 강한 것이다. 작은 일에 골몰하는 사람, 그 사람이 작은 사람이다.

한 가지 일에 집중하라

한 우물만 파라! 한 가지 일에 집중해야 목표 달성이 쉽다. '선택과 집중'이라는 말이 있다. 배움이 높고 지식이 넓다고 팔방미인이라고 볼 수 없다. 지금의 시대는 팔방미인이 아닌 한 분야의 전문가와 고수가 대접받는 시대다. 한 가지 일에 집중해야 전문가에 버금가는 실력을 얻는다. 욕심만으로 역량을 분산해선 소기의 목적을 달성하기 어렵다.

일에도 순서가 있다. 아무리 창대해 보이는 산맥의 등반도 결국 한 걸음에서 시작된다. 우선은 자신이 잘할 수 있는 일, 해결 가능하고 효과를 볼 수 있는 일부터 하는 것이 좋다. 하나를 해결하고 다음을 해결하는 방식이다. 한 영역을 온전히 점령하고 안정화한 후에 다음 영역으로 확장할 때 비로소 그는 두 가지 일을 온전하게 할 줄 아는 사람이 된다. 여러 가지 일을 병행하다 보면 자신의 능력을 제대로 발휘하지 못할 수 있다. 중도에 포기하는 영역이 발생하고, 처음에 자신이 가장 잘할 수 있다고 생각했던 사업 영역도 빈약해져 흔들리고 있는 것을 발견할 것이다.

문어발식으로 기업을 경영하거나 많은 영역을 관리해야 하는 경우도 원리는 같다. 하나를 완전히 점령해 바르게 세워 놓은 다음엔 세부 운영이 필요하다. 해당 업무를 가장 완벽하게 해내며 나의 의중을 제대로 읽는 동조자를 선임해 사업을 확장한다. 체인점이나 유사 업종 역시 마찬가지다. 하나의 업체를 성공적으로 이끌어 갈 때 또 다른 능력을 발휘하게 된다. 소위 매뉴얼과 노하우를 전수할 수 있다. 이렇듯 한 가지에 집중해 전형을 세우지 못하면 다음 사업이 잘될 수 없다.

잘 모르는 영역이나 해당 사업의 전개 방식을 모르면 하지 않는 것이 좋다. 천문학적 돈이 투자되거나 위험이 큰 경우라면 더욱 그렇다. 해당 분야에 대해 모르면 책임자로서 판단할 수 없고, 오히려 경쟁해야 할 동종 업계 관계자에게 묻고 다니며 따라만 가게 된다. 자신감도 없어지고 불안해서 일을 그르칠 수 있다. 결단하려고 해도 뭘 알아야 할 수 있다. 이런 경우, 한 가지 일에만 집중하라는 격언이 꼭 들어맞는다. 생각이 많아지고 집중할 수 없게 되며 자신이 사업 체험을 하는 건지 기업 경영을 하는 건지 알 수 없게 된다.

많은 일 중 자신이 가장 잘할 수 있는 영역에서 빛을 발하라. 한 가지 일에 모든 정신과 시간을 집중해서 뛰어라. 한 우물을 파라. 그 한 가지 일을 할 때 역시 한 가지씩 집중해서 해결해야 한

당신을 만나 행복합니다

다. 늘 원 포인트여야 한다. 한 번에 돈을 많이 벌기 위해 이것저것 늘어놓지 말라. 세상엔 서둘러서 되는 일보다는 예측 가능한 성공이 훨씬 많다. 성공한 사람은 대개 그 분야에서 산전수전 다 겪은 고수들이다. 한 우물을 판 사람들이다.

자신만의 노하우, 자신감과 끈기로 두려움 없이 오직 '할 수 있다'는 신념과 노력으로 성공해 후회 없는 삶을 만들어 가야 한다.

잘못했다면 시인하라

　살다 보면 누구나 실수하고 일을 그르치기도 한다. 원하지 않은 돌발사고도 일어나고, 때로 주변 동료에까지 피해를 주는 업무 실수도 한다. 사람인지라 누구나 큰 사고가 생기면 책임을 피하고 싶은 생각부터 든다. 자신이 받을 비난이나 손해를 생각하면 끔찍하기 때문이다.

　그러나 잘못했다면 바로 시인해야 한다. 돌아보면 자신이 책임과 잘못이 있음에도 그냥 무마시키거나 넘어간 일이 있을 것이다. 내 잘못이 있음에도 정당화하려고 말씨름을 하는 건 더 좋지 않다. 도로에서 차를 세워 놓고 있는 대로 서로 핏대를 세워 말싸움하는 장면을 자주 목격한다. 마치 목소리가 크고 거칠게 행동해야 정당성을 인정받는다는 식이다. 정말 꼴불견이다. 심지어 경찰관이 시비를 가리면, 경찰관과도 싸우니 시민의식이 문제다.

　물론 잘못을 시인하는 데에는 용기가 필요하다. 그러나 사람들은 잘못 자체보다는 이를 인정하고 반성하는 이의 자세를 더욱 값지게 본다. 시인하면 마음도 편해지고 죄책감도 사라진다. 마음의 안정과 여유가 생긴다. 정직하고 성실한 태도가 몸에 자연

　　　　　　　　　　　　　당신을 만나 행복합니다

스레 몸에 배게 된다. 괜한 자존심으로 잘못을 얼버무리면 오히려 자신의 명예가 상처 입게 된다. 순간적으론 몰라도 장기적으로 보면 이 세상에서는 정의와 양심을 지키는 이가 대우받는다. 세상은 아직 정의의 편이다.

실수를 하면 당장엔 참혹한 마음에 힘들게 느껴지겠지만, 사람들은 당신의 진정성을 보고 참된 도덕적 가치를 발견한다. 당신을 뜨거운 양심을 가진 사람이라고 생각하면 기업의 경영자든, 동료들이든 나중에 더 큰 응원을 한다는 것도 진리다.

역시, 실수가 문제가 아니다. 넘어진 후가 문제다. 그 순간에 보여 준 용기와 양심. 그것이 훨씬 중요하다. 잘못하면 시인하는 사람, 그 사람이 정의롭고 좋은 사람이다.

"내 잘못이요! 내 탓이요!" 일단 내 잘못이라 생각하면 비겁하게 발뺌하지 말고 일단 잘못을 시인해 보라. 마음도 편하고 죄책감도 사라지고 마음의 안정과 여유가 생겨 나 자신이 멋지고 자랑스럽게 보일 것이다.

애정을 꽃피우려면

애정은 사랑하는 마음이다. 아낌없이 주는 사랑과 믿음이 애정이다. 사랑은 조건 없이 주는 것인데, 이 조건 없는 사랑으로 서로의 애정은 더욱 커지고 강도도 강해진다. 애정이 쌓이면 행복도 더욱 충만해진다. 사랑은 기적의 묘약이라, 상비약처럼 늘 비치해 두었다가 사용하면 사랑과 애정도 두터워진다. 이 상비약은 써도 줄어들기는커녕 더욱 많아지고 그 성분도 더욱 강력해진다. 애정이 두터우면 가정이 화목하고 웃음꽃이 핀다. 사랑은 주고받는 것이지만, 사랑을 줄 때 더 행복함을 느끼게 만든 신의 섭리가 경이롭다.

그러나 애정은 의지만으로 막 솟아오르는 것이 아니다. 타인에 대한 진지한 관심과 배려는 안정된 생활에서 나온다. 내 생활이 안정되어야 이웃을 생각하게 되고, 상대의 처지에서 생각하며 그이가 좋아하는 것을 탐구하고 싫어하는 건 하지 않는 구체적인 관심이 발동된다. 애정의 농도가 과하지도, 덜하지도 않은 산뜻한 바람처럼 나부낄 때 가정생활은 더욱 순탄해지고, 속 깊은 정이 샘솟는다. 이 세상에 사랑만큼 소중한 인간관계는 없다. 아주 작은 배려 하나가 행복의 열쇠도 되고, 칭찬 한마디로 행복을 주며 새로운 관심과 사랑을 심어 주게 된다.

약속을 지켜 신뢰감을 주며, 일관성 있는 생활로 믿음을 주는 것도 중요하다. 사람에 대한 신뢰 없이 무작정 사랑이 샘솟을 수는 없다. 혼인의 전제 또한 서로 사랑과 정절의 약속을 지키겠다는 혼인서약이다.

부부가 행복하면 자식들도 행복하고, 부부를 지켜보는 양가 부모님도 모두 행복하다. 부부는 둘이 하나가 되는 신의 축복이라고 했다. 부부는 대화를 통해 서로의 성격을 파악하고 이해해야 한다. 자신에게 맞추기보다 상대에게 맞춰야 한다. 이렇게 양보하는 미덕이 있으면 서로간의 애정도 세월이 흐를수록 깊어 간다. 아내는 배우자인 동시에 친구도 되고 애인도 되어 줄 때 멋진 아내가 될 수 있다. 사람은 외로움을 타는 약한 존재다. 그렇기에 사랑의 힘은 인생을 더욱 아름답게 만들어 준다.

애정이 없는 삶은 지옥이다. 모든 행복은 사랑에서 비롯된다. 세상 모두가 사랑놀이다. 사랑하면 예뻐진다. 여자는 사랑이 인생의 전부라고 한다. 사랑을 먹고 사는 우리 인생, 사랑을 담뿍 주며 사랑하는 사람과 한 백 년 살아 봅시다!

인생살이

    누구나 자기만의 인생살이가 있다. 인생은 고난의 길이며 끈기의 길이기도 하다. 내 인생은 스스로 개척하며 삶의 묘미를 터득해 인생 항로를 찾아가야 한다. 인생은 회차로가 없는 오직 외길이다. 우여곡절을 겪으며 살아갈 수밖에 없는 것이 참 인생살이다.

    인생은 타이밍이라고 하지만, 인생 역전의 기회는 그리 많지 않다. 막노동하며 로또를 사고, 때로 일확천금을 노리며 돈을 투자한다. 그러나 세상에 공짜란 없고 일확천금은 더 벌기 어렵다. 인생은 정직해서 열심히 일한 대가를 줄 뿐이다.

    내 역량에 맞게 분수를 지켜 일하는 것이 탁월한 선택이다. 직장은 내 삶이다. 인생은 짧지만 그 길은 험난해서 저마다 다른 삶을 살 수밖에 없다. 하지만 사랑, 행복, 건강은 인생을 빛나게 해주는 묘약이다. 유쾌 · 통쾌 · 상쾌한 삶은 여기서 나온다.

    새롭고 이상적인, 아름다운 삶을 꿈꾸고 있다면 원만한 직장생활을 위해 노력하며 자기 사업의 목표를 분명히 해서 중단 없

당신을 만나 행복합니다

이 가는 것이 필요하다. 마지막 목표에 도달해 종지부를 찍을 때, 우리의 인생은 큰 변화를 맞이할 것이다.

위기가 닥치거나 난관에 부딪히면 겁먹지 말아야 한다. 굳세게 마음먹어 신념을 세우면 돌파구는 반드시 보이고, 그 작은 돌파구 하나가 문제 해결의 방법이기도 하다.

인생은 하늘이 수확을 결정하는 경작과도 같아서, 뿌린다고 모두 열매를 맺는 것도 아니다. 세상살이가 고단하고 때로 그 끝이 아득하다고만 느껴질 때도 행복을 찾아야 하는 이유다. 항상 감사하며 사랑하며 사는 삶이 아름다운 인생이다.

몸과 마음이 함께 갈 때 안정적인 삶이 주어진다. 난관은 있지만 이를 극복하면 더 큰 기회와 행복이 찾아온다. 긍정적인 관점에서 난제를 보면 그 난제는 자신의 부족한 점을 뒤돌아보게 만들어 오히려 새로운 성공의 촉매제로 작용한다. 재도전이나 인생 반전은 여기서 시작되는 경우가 많다. 실패도 성공으로 바꿀 수 있고, 위기도 기회로 만들 수 있는 것이 바로 인간이다.

사랑과 봉사를 통해 단 하루를 살아도 재미있고 멋진 인생이었으면 한다. 좋은 인생살이는 자연의 순리를 거역하지 않으며 정도를 향해 끊임없이 자신을 돌아보며 정의와 진리를 향해 가는 것이다. 지나친 욕심 없이 이웃을 사랑하고 서로 돕는 것도 멋진 인생이다. 사람마다 인생 항로가 다르듯, 모든 선택의 길에서는 유연하게 순리에 따라 판단해야 한다. 행복은 그곳에서 나온다.

인생은 왕복이 없고 우여곡절 속 희비애락의 연속이다. 자연의 순리를 거역하지 말고 정도를 향해 겸허하고 정의롭고 진실하고 유연하게 내 스스로 낮추며 사는 길이 참 인생살이다.

필요한 존재가 되라

 동물과 곤충, 식물 등 모든 대자연의 생명 중 세상에 불필요한
것은 없다. 대자연의 순환에는 꼭 필요하지만 인간에게 미움 받는
존재만 있을 뿐이다. 사람 역시 누구나 존중받아야 할 이유를 안
고 태어났다. 하지만 이에 더해 세상에 꼭 필요한 사람, 그런 존
재 가치를 가진 사람이 되는 건 정말 멋진 일이다. 기왕 세상에 태
어났다면 나의 존재 의미를 사회에서 찾고 인정받는 것이 좋다.

 사람은 국가와 민족을 위해 충성하는 사람이 되어야 한다. 국
가에 대한 의무와 책임을 다하는 애국애족의 준법정신의 소유자
야말로 우리 사회에서 꼭 필요한 사람들이다. 헌법에선 국토방위
의 의무, 납세 의무, 교육 의무, 근로의 의무, 환경보전의 의무
를 국민의 의무라고 규정한다. 이에 더해 이웃에게 피해를 주거
나 사회에 악영향을 끼치는 행위는 절대로 안 된다. 특히 음식물
을 가지고 나쁜 짓을 하는 사람들이 많아지고 있다.

 사회에 필요한 사람은 대체로 긍정적인 사고와 청렴성, 정의감
과 겸손함을 겸비한 사람이다. 우리나라엔 부정적이거나 불필요
한 사람이 다소 많아서 걱정이다. 세상은 여럿이 모여 살기에 성

실하고 좋은 사람만 산다고는 생각할 수 없지만, 자기 위주로만 사는 건 문제가 있다. 가족과 직장이 확장되어 사회, 국가가 되듯 모두가 법과 질서를 지킬 때 신뢰사회가 된다.

불과 몇 년 전만 해도 약속어음이나 당좌수표로도 거래했는데, 지금은 가계수표도 못 믿어 하니 수표 보기가 어려워졌다. 우리 사회의 신뢰와 협력체제가 무너지고 개인주의는 더욱 심해졌다. 우리 민족은 원래 성실하고 정직했는데, 그 어느 때부터인가 범죄도 많아지고 범법과 사기 행각도 많아졌다. 사회 분위기도 어수선해 양보와 이해는 볼 수 없고, 조금도 손해 보지 않으려는 아귀다툼만 심해졌다.

죄짓고 살거나 남을 속이면 결국 불행한 삶을 살게 된다. 웃으며 행복하게 살려면 봉사하고 좋은 일을 하면서 착하고 겸손하게 살아야 한다. 그런 사람이 우리 사회에 꼭 필요한 참인간이다.

당신을 만나 행복합니다

결심은 무조건 지켜야 한다

결심은 하늘이 두 쪽 나도 지켜야 한다. 작심삼일이야말로 좌절의 시작이다. 연말연초에 사람들은 호기롭게 계획을 세우지만 끝까지 성공하는 사람은 매우 드물다. 사람에게 행복감을 주는 것 중 하나가 바로 성취감이다. 자신이 세운 계획이나 목표를 이루기 위해 심리적 동요를 이겨 내고 온갖 어려운 여건을 뛰어넘었을 때 그 성취감은 더욱 커진다. 한번 세운 계획은 무조건 밀고 나가겠다는 단호한 결심이 필요하다.

"올해는 규칙적으로 공부해야지!"
"비만 탈출을 위해 밤엔 먹지 말아야지!"
"담배는 끊고 술을 줄여야지!"

아쉽게도 대부분 잘 지켜지지 않는 결심들이다. 공부도 지겨워서 하기 싫을 것이다. 그러나 공부는 때를 놓치면 소용없다. 할때 해야 하는 게 공부다. 소식하고 유산소 운동과 근력 운동을 해야 비만에 효과가 있다. 전문가들은 최소 6개월 이후에야 본격적인 몸의 변화가 시작된다고 한다. 처음엔 근육을, 나중엔 조금씩 지방을 태워 탄탄한 몸매가 만들어진다.

담배와 술을 끊는 것도 중대한 결심이 필요하다. 애주가들은 밤에 출출하면 술을 찾게 되고, 술을 먹으면 또 미칠 듯이 담배를 피우고 싶어진다고 한다. 커피 또한 담배를 부르는 음료다. 그래서 결심은 구체적일수록, 단호할수록 좋다고 한다. 이를 위해 끊임없는 자기 암시를 하고 매일의 성과를 스스로 축하하는 것도 좋은 방법이다.

작은 습관부터 바꾸는 결단력이 중요하다. 이 결단력이 결국 인생의 대사를 결정하기도 한다. 결단력이 없으면 삶이 고달프고 그 무엇 하나 이룩하는 것이 없다. "하나를 보면 열을 안다"고 했듯 일단 마음먹은 계획은 힘들고 어려워도 모두 극복하겠다는 견결한 태세로 밀고 나가야 한다. 묵묵한 인내가 결국 성공으로 이끌어 엄청난 보람과 환희를 선사한다.

성공하지 못할 계획이나 결심은 처음부터 만들지 말아야 한다. 자신을 무력한 인간으로 보이게 만들고 다음엔 작은 도전도 망설이게 된다. 그러나 고진감래라고, 어려움을 이겨 성공하면 기쁨이 두 배고, 자신에 대한 자랑스러움이 무엇과도 비교할 수 없는 행복감으로 밀려든다.

결국, 내 운명은 스스로 결심한 목표를 달성하는가 못 지키는

102

가에 달렸다. 인생길이 그렇게 갈라진다. 산고 없이 성공을 맛볼 수 없기에 끈기와 인내로 세운 결심은 지키자. 행복과 불행의 차이가 바로 결심의 관철에서 판가름 난다. 빈말도 헛맹세도 하지 말자. 결심했다면 무조건 지켜야 한다.

끼도 개성시대의 매력이다

지금은 개성시대다. 무미건조한 사람보다는 창의적이고 매력적인 사람이 대우받는다. 자기표현이 분명하고 실천력과 함께 '끼'가 있다면 빠르게 성공할 수 있다. 끼가 있는 사람은 감각적이고 열정적이며 풍부한 감성을 가진 사람이다. 예전엔 '끼'는 흥이 많고 놀기를 좋아하며 섹시한 매력이라고만 생각했는데, 지금은 그 '끼'를 가진 사람이 상당히 열정적인 사람임을 알게 되었다. 그들은 의욕적이고 추진력이 강하며 특유의 개성으로 활력을 만들어 낸다. 경쟁에 강하며 영업은 물론, 새로운 아이디어가 필요한 개발 영역에서도 두각을 나타낸다.

세계의 팝가수들이 내한공연을 하면 놀란다고 한다. 우리나라 사람들의 열광적인 반응과, 집단적 놀이문화를 보고 '제대로 놀 줄 아는 민족'이라고 평가한다. 그렇다. 예로부터 우리는 끼와 신명이 많아 무엇이든 마음만 먹으면 강하게 추진하고, 또 인내심과 끈기도 있는 국민이다.

세계는 지금 경제전쟁 시대다. 돈이 많으면 대우받고 주목받는다. 나는 우리나라 젊은이들의 끼에 주목해야 한다고 본다. 젊은

당신을 만나 행복합니다

이들의 끼는 무형의 경제자산이기도 하다. 이들의 신명을 돋워 주면 세계 최강의 생동감 넘치는 경제 강국이 될 수 있다. 개성시대엔 끼도 경쟁력이다.

끼가 품어내는 그 신명엔 신비로운 재미와 에너지가 있다. 우리 민족의 끼는 우리만의 노하우이기도 하다. 경제 성장을 위한 자산이 될 수 있다. 끼가 강한 생활력으로 작용해 지금의 어려운 고비를 넘어 미래를 움켜쥐게 하는 동력이 되었으면 한다. 젊어선 끼가 필요하고, 중년에 추진력이, 노년엔 인내력이 성공의 지름길이다. 끼도 개성시대엔 매력이다. 젊어서의 끼를 잘 다듬어 노년의 인생길을 좀 더 멋지고 다양한 재미로 가득 채웠으면 한다.

우리 국민은 마음만 먹으면 무엇이든 잘할 수 있다. 마술과 같은 눈속임이 아니라 우리 민족의 기질적 특색을 잘 보여 줘 세계에서 인정받아야 한다. 끼와 더불어 훌륭한 인격까지 갖추면 금상첨화다. 생동감 넘치는 의미 있는 삶을 만드는 데에도 끼가 필요하다.

선택이 운명이다

삶은 선택의 연속이다. 우리는 선택하거나 선택받으며 살아간다. 내가 어떤 선택을 하느냐에 따라 인생이 달라진다. 신중하고 확고한 신념에 기반을 둔 선택을 하면 후회하지 않는다. 일상에서도 늘 선택의 기로에 서 있다. 선택은 피해 갈 수 없다. 배우자 선택이나 직업 선택은 특히 중요하다. 운에 따라 선택하는 건 아닐진대, 결과적으로 보면 그 선택을 대부분 운으로 돌리기 마련이다. 선택은 내 생각과 의지에 따라 하기에 결과적으로 좋은 선택이었든, 그렇지 않든 결국 내 책임이다.

부모와 자식 간 만남은 선택은 아니지만 선택이 만들어 낸 필연이기도 하다. 모든 이들은 윤택한 삶을 원하지만, 여건에 따라 삶의 질이 달라진다. 좋은 선택은 좋은 결과를 가져온다.

이 세상 모든 일이 선택으로 이루어지는데, 인간이 살아가는 데 필수 요소라고 하는 의·식·주 역시 살면서 끊임없이 선택해야 한다. 사회생활을 하며 만나는 사람도 선택을 통해 친분이 쌓이고 삶의 동지로 더불어 살아간다. 만남 역시 선택이지만, 때로는 내가 원치 않는 만남과 같은 운명의 장난도 있기 마련이다. 어

당신을 만나 행복합니다

쨌든 우리 인생은 선택으로 결정되는 선택의 운명이다.

삶이 복잡하고 생존 경쟁이 치열하지만, 선택에 따라 좋은 인연이 되어 오랜 이웃사촌으로 지내기도 한다. 뭐니 뭐니 해도 배우자를 선택하는 문제는 신중히 해야 한다. 백년해로 내 짝이고 내 반쪽이다. 일단 선택하면 후회해선 안 된다. 선택을 운명이겠거니 받아들이고 서로 이해하고 양보해 그 선택을 필연으로, 최고의 선택으로 만들어야 한다.

사람은 선택 그 순간부터 운명이 결정된다. 삶의 질과 행복이 모두 이 선택에 달려 있기에 선택은 내 숙명이고 팔자소관이기도 하다. 좋은 선택이 좋은 결과를 만든다는 말은 90% 맞는 말이다. 선택이 옳으면 의욕이 생겨 더 큰 성취욕으로 재미있게 살게 된다. 선택하면 되돌릴 수 없고 선택한 길을 가야 한다. 선택을 하거나 선택을 당하는 등 모든 선택은 자연이 만들어 주는 섭리다. 지난 선택의 결과 또한 내 몫이다.

위험은 도처에 있다

하루에도 몇 번씩 위험을 감수하며 살아가는 존재가 우리네 인간이다. 문밖에만 나서면 사방에 위험이 도사리고 있다. 요행으로 위험을 피하면 삶은 지속할 수 있다. 그러나 생각해 보면 인류사에 위험이 없던 시절은 존재하지 않았다. 위험 속에서 인류는 더 지혜로워지고 강해지고 새로운 방법을 창안했다.

새로운 것은 모두 모험이고 위험하다. "인간사 새옹지마"란 말이 있는데, 인간의 존망화복이 모두 나 자신에게서 온다고 한다. 하루하루 위험의 고비를 넘나들며 사는 게 인생이기도 하다.

죽고 사는 것이 모두 하늘의 뜻이라고 하지만, 사는 동안엔 보람과 삶의 의미를 찾아야 한다. 우리가 건강하게 살 수 있는 건 신의 도움이며 팔자소관이겠지만, 착하고 선하게 살면 피할 수 있는 위험도 많아진다. 위험에 지나치게 공포심을 갖거나 과도하게 경계하는 것도 지혜롭지 않다. 때론 운전 부주의나 졸음운전으로, 때론 딴생각에 빠져 있다가 죽음의 고비를 넘기기도 하지만 사람들은 오늘도 운전대를 잡는다.

당신을 만나 행복합니다

어찌 보면 주변에 널려 있는 위험 속에서도 죽을 고비를 수없이 넘기고 생명을 보존해 백세인생에 다다른다는 것이 기적이다. 요즘은 날벼락도 많다. 공사 현장에서 떨어지는 기자재며, 음주운전 차량의 질주며, 조현병 환자의 살해 위협 등 험난한 위협은 끝이 없다. 대형 참사는 물론 고의적인 살인도 많아 사회적 불안감은 더욱 커졌다.

생활이 위험이기에 생존해서 천수를 누리는 건 어찌 보면 하늘의 뜻이다. 위험을 감수하고 모험해야 성공도 할 수 있다. 위험한 곳에서 생존을 위해 일하는 사람도 많다. 조종사, 항해사, 산악인, 탐험인 등 생명을 담보로 하지만 이를 자신의 직업으로 받아들이고 살아간다. 이렇듯 위험도 하나의 생활일 뿐이다.

결혼하면 참 좋다

결혼은 아름다운 오해로 시작해 참담한 이해로 끝나는 여정이라고 한다. 성스러운 의식으로 시작하지만, 결국 미완성에서 시작하기에 완성을 향해 가는 과정이기도 하다. 결혼은 운명적인 만남이고 특별한 선택으로 이루어진다.

기혼자들에게 결혼 생활에 관해 물은 통계가 있다. 응답자 중 60%는 잘했다고 응답했고, 40%는 후회한다고 대답했다. 좋고 나쁨이 반반이다. 결혼 생활에서 충만한 행복을 느끼는 것이 생각처럼 쉽지 않고, 또 부부간 정이 있더라도 생활고는 부부를 지치게 만들기도 한다.

그러나 결혼하면 매우 좋다. 결혼은 신의 뜻이고 운명적인 인연이다. 사랑에 빠진 남녀는 서로를 천생연분으로 생각하게 만드는 콩깍지가 씌워져 일생의 동반자로 살아가게 한다. 결혼해서 가장 행복한 시절은 신혼여행이다. 일단 결혼하면 성숙해지고 책임의식도 강해지며 생활도 안정감 있게 바뀐다. 대인관계도 원만해지며 자식 사랑, 부모 사랑도 새롭게 깨달아 인생의 가치와 행복에 대해서도 함께 눈을 뜬다.

당신을 만나 행복합니다

결혼은 서로를 소유하는 것이 아닌 자유로운 인격체의 결합이다. 결혼 생활을 하다 보면 의견 충돌이나 자존심 싸움, 권태기 등 갈등이 없을 수 없다. 하지만 세월이 흘러 미운 정 고운 정이 들어 화목을 이룬다. 인생의 긴 여정을 로맨틱하고 아름답게 걷는 길은 결혼밖에 없다. 인생은 짧지만 그래도 사는 날이 많아 부부는 긴 세월 하늘이 맺어 준 필연의 짝이 되어 동반자로 살아간다.

부부는 대화는 물론 스킨십도 자주 하고 서로 배려하며 양보해야 한다. 사랑의 힘은 위대하고 강하며 사람을 현명하게 만든다. 그래서 인간은 사랑하며 살아야 한다. 사랑은 불가능이 없게 한다. 사랑받고 싶으면 결혼해야 한다. 결혼하면 참 좋다. 결혼하면 기쁨은 두 배로, 슬픔은 반으로 줄어 시련의 고통을 줄여 준다.

"난 이 세상에 당신밖에 없어!"

한평생 영원한 동반자가 바로 나의 배우자다. 서로 배우자의 입장에서 이해하고 배려하면 성숙한 부부관계가 유지된다. 서로 자기주장을 고집하고 상대를 무시하기 시작하면 갈등이 커져 나중엔 생활이 엉망이 된다. 평생 행복한 가정을 만들려면 배우자, 부모님, 자식들 이 모두를 인생의 고객처럼 섬기고 아껴야 한다. 인생 제일 마지막 순간까지 함께할 사람은 배우자밖에 없다.

부부의 연은 하늘만이

내 짝 찾아 3만 리. 젊은 시절엔 평생의 동반자, 진정한 내 반쪽을 찾아 방황하며 성장통을 겪는다. 전생의 연으로 나만의 짝을 찾기가 쉽지만은 않다. 세상 수많은 사람과의 인연 중 마음이 통하고 감성이 어울리는 배필을 만나는 건 정말 하늘이 주신 축복이다. 반려자 선택은 인생의 대부분을 좌우할 만큼 중요한 대업이기도 하다. 콩깍지가 씌워야 부부의 연으로 발전할 수 있는데, 이 콩깍지 역시 하늘이 내린 신비의 끈이며 기적의 체험이기도 하다.

연분으로 만나 가정을 꾸리면 신혼 생활의 달콤함이 기다리고 있다. 고생스러운 험로가 기다려도 새로운 삶을 개척하기 위해 분투하고 헌신한다. 시간이 흘러 구체적인 생활 속에서 미운 정고운 정도 쌓인다. 초기의 콩깍지는 벗겨져도 세월이 주는 신뢰와 깊은 속정은 그보다 더욱 강력한 사랑을 준다.

사람들은 부부의 사랑표현도 이상한 눈으로 보는데, 부부간의 사랑표현은 하늘이 내려 주신 생활 일부일 뿐이다. 바른 생활 속에 부부간 속궁합이 잘 맞으면 그 부부는 더욱 행복하고 즐거운

당신을 만나 행복합니다

삶을 누린다. 부부간의 잠자리는 사랑을 더욱 풍만하게 만들어 주는 행복의 마술과도 같다. 속궁합 또한 부부의 연을 강하게 결속시키는 요소다.

　연인 시절 진한 감동으로 만나 가정을 꾸리면 조금씩 안정이 찾아온다. 서로 이해하고 양보하며, 또 생활을 위해 뛰어다닌다. 서로의 건강을 염려하며 익숙한 행동들이 큰 심리적 안정을 준다. 작은 것에 감사하고, 그 작은 행동과 생활이 행복임을 깨닫는 것이 결혼 생활이다. 때로 고난이 닥치면 부부가 합심해 전투를 치르며 서로를 고무하는 전우가 되기도 한다. 이렇게 부부는 세상에서 가장 강력한 동지로 발전한다.

　"당신, 너무 좋아!", "역시 당신밖엔 없어."

　운명의 만남이 만들어 준 부부의 연, 그 신비로운 삼라만상의 이치는 하늘만이 알 것이다. 사랑을 나누면 나눌수록 커진다. 찬란하게 아름다운 황혼기의 비밀은 바로 여기에 있다.

　"내 당신 참 곱소.", "당신은 세상 끝날 때까지 사랑하고픈 내 동행이요, 반려자요. 나에겐 당신뿐이라오!"

part 3 _____

●

삶의 둥지

살아 있는 모든 생명체는 둥지를 짓고, 보금자리를 꾸린다.
이른바 사랑의 둥지다.
사랑의 둥지를 통해 자손이 늘고 의식주를 해결한다.
이 둥지는 모든 생활의 바탕이 된다.

포기도 용기가 필요

　포기만큼 어려운 결정도 없다. 사업을 하는 사람이 중도에 사업을 접으려 하면 엄청난 갈등이 찾아온다. 당해 보지 않은 사람은 그 고통을 모른다. 수십 년간 피땀 흘려 일궈 온 회사가 일시적이지만 위중한 재정난으로 사라져야 하는 순간, 기업인은 마치 그 회사가 자신과 똑같은 분신이라고 생각한다. 더 큰 손실을 막기 위해 아침에 포기해야지 생각했다가, 밤이면 다시 기적의 패자부활전을 꿈꾼다. 이렇게 수백 번을 생각한다.

　결단은 이럴 때 필요하다. 포기를 생각할 만큼의 관문까지 갔다면 대부분 기업은 소생하기 어려운 상태다. 미련이 발목을 잡겠지만, 이럴 때일수록 객관적으로 판단해야 한다. 지금껏 그랬듯 주체적으로 결정하고 한 번 내린 결정엔 자기 스스로 승복해야 한다. 이럴 땐 빨리 포기하는 것이 오히려 재기를 위한 발판이 될 수도 있다. 시점을 놓치거나 미련으로 더 큰 투자를 하다 패가망신하는 사람이 많다. 이미 부도 직전까지 갔는데, 자신의 집과 차, 친지들까지 연대보증을 세워 회사를 살리려다가 거리에 나앉게 되어 영원한 인생의 실패자가 되기도 한다.

그러나 아직 재기의 씨앗이 남아 있을 때 사업은 냉정하게 판단해 포기의 타이밍을 잡아야 한다. 그것이 자신과 새로운 사업을 살리는 길이다. 그러나 사업이 골치 아프다고, 그저 갈등과 어려움이 많다고 포기해선 안 된다. 사업에서 성공의 기회가 자주 오는 것이 아니다. 힘들더라도 노를 젓고 있어야 큰물이 들어올 때 돈을 벌 수 있다. 1%의 기회 요소만 있어도 99%의 노력으로 성공할 수 있다면 무슨 일이든 도전해 볼 만하다. 미리 겁먹거나 어리석은 행동으로 지레 포기한다면 후회만 남는다. 포기는 이렇게 늘 최후의 결단이고 마지막 고뇌다.

'포기하지 말라'라는 말과 '과감하게 포기하라'는 말은 모순처럼 들릴 수 있다. 하지만 여기에 모든 사업의 원리가 있다. 어려움 앞에 포기하지 않고 강력한 의지로 사업을 끌고 나가야 한다는 것이다. 하지만 회사가 죽기 시작해 자신과 가정까지 위협하는 상황이라면 빨리 포기해야 한다. 그럴 때 포기 속에 기회가 있다. 인생역전 패자부활전을 할 수 있는 에너지를 늘 비축해야 한다.

일단 한번 내린 결정은 미련 두지 말고 현명하게 처리하는 것이 좋다. 포기도 때가 있고, 또 다른 기회도 있다. 포기만큼 어려운 결정은 정말 없다. 용기와 올바른 판단이 필요할 뿐이다.

죄책감도 가책도 만들지 마라

'아차!' 하는 순간에 사고를 내거나 우여곡절을 겪는 경우가 있다. 돌발사고로 본의 아니게 죄를 짓게 되어 정신적 · 육체적 고통을 상대에게 주고, 자신 또한 고통스러운 여생을 보내는 경우도 많다. 마음고생은 창살 없는 감옥이다. 유형의 사고든 마음의 상처든, 사람은 양심의 동물이라 끝없는 불안과 불면의 밤을 보내게 된다. 혼란스러운 삶 속에서 사회생활 또한 원만하게 해나갈 수 없다.

죄책감이나 가책을 만들 일을 하지 마라. 사고는 순간이지만 그 후유증은 평생을 따라다닌다. 심지어 범법자가 되어 생을 망치기도 한다. 욱하는 성질을 버려야 한다. 운전석에 앉는 순간, 법규에 무조건 순응하는 순한 양이 되어야 한다.

양심을 속이거나 거짓말로 발뺌해서도 안 된다. 비틀어진 양심은 자신을 망가뜨리고 주위 사람에게도 큰 상처를 준다. 한 번의 기만은 두 번의 거짓말로 이어지고 결국 큰 범죄가 된다.

사람은 누구나 행복을 추구하며 자유롭게 살길 원한다. 이를

당신을 만나 행복합니다

얻을 수 있는 방법은 순간적인 감정을 절제하고 세상 이치와 실정법에 순응하는 것이다. 뜻하지 않은 실수와 사소한 감정이 씻을 수 없는 치명적인 결과를 낳는 경우는 부지기수다. 음주운전으로 인사사고를 낼 경우, 본인은 합의금을 내고 수감 생활을 조금 하면 되겠지만 피해자는 장애를 얻고 그의 가정은 산산이 부서진다. 무엇으로도 만회되지 않는다. 한번 지은 죄는 결코 원상태로 되돌릴 수 없다.

불행히도 사람은 늘 사고와 범죄, 위험이 도사리는 환경에서 산다. 하루에도 몇 번씩 위험을 만나고 범죄자가 될 수 있는 위기를 넘어 곡예 운전을 하듯 살아간다. 죄는 미워하되 사람은 미워하지 말라는 말이 있지만, 그 죄가 망치는 것도 결국 사람이다. 일단 죄를 지으면 삶이 엉망이 되고 자존감이 떨어져 건전한 삶을 살아갈 수가 없다.

살아가며 죄책감도 가책도 만들지 마라! 양심에 어긋나는 일을 하면 오히려 본인의 양심을 두고두고 괴롭히는 죄책감에 시달린다.

추억은 언제나 아름다워

나이 들면 추억을 먹고 산다고 한다. 향수에 젖어 추억을 하나 둘 더듬다 보면 어린 시절 정신없이 뛰어놀던 동무들이 생각난다. 강에서 물장난하고 옷을 말리며 씨름을 했던 기억, 동무들과 썰매를 타고 제기차기, 구슬 따먹기, 딱지치기로 해 저무는 줄 모르고 놀다 저 멀리 어머니의 호출에 뛰어갔던 기억은 생각만 해도 흐뭇해진다. 어디 그뿐인가? 젊은 시절의 고생과 좌절, 힘들었던 삶이 주마등같이 스쳐 간다.

장년이 되자 세월은 덧없이 흐르고, 새로운 추억이 쌓이기보다는 옛날의 풋풋한 추억을 찾게 된다. 과거 기억에 대한 생각도 지금의 입장에 따라 달라진다. 지금 비교적 성공한 사람이라면, 과거의 시련과 고난이 자신을 키웠다며 그 어려웠던 시절을 뿌듯하게 회상할 것이다. 반대로 과거 승승장구했지만 결국 거꾸러져 일어서지 못하고 있다면, 그 추억은 매우 쓰라린 회상이 될 것이다. 기억하기 싫은 과거가 있고, 또 생각하면 입가에 미소가 떠오르는 기분 좋은 추억도 있다. 추억은 이미 내가 살아온 생에 대한 기억이기에 억지로 포장하거나 없앨 수 없다. 그저 내 삶의 정직한 반영일 뿐이다.

당신을 만나 행복합니다

삐딱하게 살아 숨기고 싶은 일이 있으면 누구에게도 말 못하고 자신의 가슴에만 담을 것이고, 치열하게 살아 좋은 벗들과 깊은 관계를 맺었다면 자신의 추억을 공유하고 싶을 것이다. 자신의 추억을 아름답게 기억하고 긍지와 고난을 이야기할 수 있는 이는 이미 자기 인생에서 성공한 사람이다.

추억은 추억일 뿐 과거가 미래를 규정할 순 없다. 추억을 그저 정직하게 자신이 걸어온 길이라 생각하고, 때로 끔찍했던 기억도 인생의 벗처럼 마주하면 그만이다. 과거를 부정해선 새로운 변화가 없고, 과거의 환상에만 빠져 있어도 새로운 미래가 없다. 지난날 순진무구했던 그 동심과, 젊은 날의 열정, 끝없는 고행의 시절 모두 내 삶의 소중한 자양분이다.

한 폭의 수채화처럼 마음 한쪽에 추억을 아름답게 남겨 놓자. 늙어 감에 추억이 더욱 소중하고, 추억이 있기에 행복감을 느낀다. 언제나 추억은 아름다운 것이며 자연스럽게 만들어지는 인생길이다.

사랑해

황홀함, 행복감, 만족감을 주는 마력의 언어, "사랑해". 언제 들어도 기분 좋은 말, "사랑해". 사람은 사랑을 떠나선 살 수 없다. 살아오며 온갖 종류의 사람을 만나고 감정을 느끼지만, 생각해 보면 이유 없이 그냥 좋은 사람이 가장 좋은 사람인 것 같다.

여성에겐 사랑이 인생의 전부다. 사랑의 힘은 대단해서 왕관도, 지위도, 명예도 모두 버릴 수 있게 한다. 사랑은 사랑을 낳는 묘약이다. 가정은 이 사랑이 영글어 가는 행복의 산실이다.

하늘에서 귀한 것은 반짝이는 별이고
땅에서 귀한 것은 아름다운 꽃이고
사람에게 귀한 것은 변치 않는 사랑이다.

그렇다. 변치 않는 사랑이 참사랑이다. 바람이 불어도 눈보라가 쳐도 손잡고 세월을 이겨 낸 사랑만이 참사랑이다. 조건 없이 주며 언제나 내 편을 들어 주는 동행이 바로 나의 참사랑이다. 사랑은 시련을 만나거나 장애물이 생기면 더욱 강해진다. 사랑에는 인간을 움직이는 생동하는 열정과 에너지가 있기 때문이다. 사랑이 기적을 만들어 내는 이치는 이와 같다.

　부부간의 사랑은 깊고도 진한 감정이다. 친구같이, 애인같이, 연인같이 지낼 수 있다면 최고의 금슬이다. 살다 보면 왜 갈등이 없겠는가? 다툼도 있고 감정이 틀어져 말하기 싫은 날도 있다. 그래도 결국 함께 견뎌 온 지난 세월과 하늘이 준 운명을 생각하면 다시 사랑할 수밖에 없다. 그 다툼으로 부부는 상호 간의 존중을 배우며 더욱 성숙하고 깊은 사랑을 하게 된다. 그래서 사랑은 결국 최고의 섬김이기도 하다.

　그렇게 살다 보면 부부는 얼굴도 닮고 말투도 닮고 생활 속 행동거지도 닮아 간다. 부창부수(夫唱婦隨)라고 남편의 의견을 부인이 따른다고 하지만, 남성들은 오히려 거꾸로 여창부수(女唱夫隨)를 새길 일이다. 즉, 부인이 말하면 남편은 따르기만 하면 된다. 그렇게 일생의 벗이자 동반자, 조언자로 사는 것이 백년해로의 길이다.

　좋은 아내는 좋은 남편을 만들고, 좋은 남편은 멋진 아내를 만드는 법이다. 그만큼 반려자에게는 황금 이상의 가치가 있다. 호동 왕자와 낙랑 공주 이야기가 괜히 있는 게 아니다. 삶에 여러 재미와 환희가 있지만, 부부간의 합이 좋아 늘 보고 싶고 그리워하는 것만큼 큰 황홀경이 있을까 싶다.

하나 주면 반만 받겠다는 일관된 자세만 있으면 잉꼬부부가 될 수 있다. 살림이 늘어 가는 것도 큰 재미다. 열심히 일해 처음엔 가구를, 다음엔 차를, 그다음에 집을 장만해 사랑의 둥지를 완성하는 것이 결혼의 재미요, 행복의 정점이기도 하다.

"나에겐 당신뿐이야." "내 당신, 사랑합니다."

고매한 인격

'고매(高邁)'란 '뛰어나게 품위가 높음'이란 뜻이다. 고매하게 산다는 것은 지식만 풍부한 것이 아니고 명예의 높고 낮음이 아닌, 오직 남을 배려하고 진솔하게 대해 주는 삶의 태도를 말한다. 무언의 품위와 따뜻함이 배어 나오는 것이 바로 고매한 품성이다.

많은 이들과 부딪히며 살아가는 동안 한 사람의 직업이나 외모만으로 판단해 상대를 무시하거나 경멸하는 경우가 있다. 누구나 고매한 척 살아가지만 그 정도가 심해 홀로 고고한 척 주변을 무시하듯 보면 오히려 눈총을 받고 외면당하는 경우도 많이 본다.

친절하게 배려하며 상대를 높이 섬기는 어진 마음씨가 바로 고매한 품성일 것이다. 때로는 알고 지냈던 사람이나 이웃에게서 고매함이 아니라 고매함을 가장한 천박함을 볼 수 있는데, 이럴 때면 위선적이라는 생각마저 들기도 한다.

인격이란 그런 척해서 얻어지는 것이 아니라, 사람들과의 관계 속에서 평가되는 것이다. 훌륭한 직책이나 높은 자리에 있다고 고매한 인격의 소유자는 아니다. 오히려 높은 직책에도 불구하고 자신을 낮추고, 뛰어난 학식에도 오히려 배우려 들고, 높은 명망에도 아랫사람에 대한 인자함을 가진 사람이 고매한 것이다.

각박한 현대사회에서 고매하게 사는 건 결코 쉽지 않다. 하지만 인격을 수양해 고매한 품성을 가지는 것은 아름답다. 항상 냉철함과 침착성을 잃지 않고 과욕과 아집을 버리고 때론 타협하며 올바른 행동과 말로 타인을 설득하며 자신감 넘치게 살았으면 한다.

고매한 사람의 겸허한 자세는 때로 상대를 압도하기도 하지만, 당당한 소신과 정숙한 자세에서 피어나는 고매함은 잊을 수 없는 향취를 선사한다. 암울한 세태이기에 고매함이 귀하고 더욱 간절히 요구된다. 그래서 고매한 사람이 더욱 소중한 시대다. 그가 밝힌 주변의 빛과 품격이 많은 이들을 돌아보게 만든다.

당신을 만나 행복합니다

미풍양속을 계승 · 발전

우린 예로부터 효(孝)와 예(禮)를 중시해 왔다. 이와 관련한 풍속은 미풍양속이라 모범사례가 있으면 널리 전파해 권장해 왔다. 비록 가족이 굶더라도 제사를 모셨으며, 제사상에 올릴 음식은 정성껏 준비했다. 이를 낭비라고 생각하지 않았고 조상을 위한 예로 생각해 왔다.

시대가 변하고 경제 사정이 어려워지자 관혼상제와 관련한 미풍양속도 점차 퇴색되어 가는 듯하다. 집값 상승으로 결혼을 미루거나 포기하는 젊은이가 있는데, 인륜지대사가 금전 문제로 결정되는 현실이 서글프다. 환갑이나 칠순을 맞는 부모님을 위해 돈을 빌려서라도 생신 잔치를 잘해 드리려는 자식을 보면 그 마음과 노력이 가상하기만 하다.

미풍양속을 지키는 데 꼭 허례허식이 필요한 건 아니다. 처지에 걸맞게 정성껏 모시려는 태도가 더 중요하다. 대가족이 해체되고 친지간의 왕래 또한 줄어들고 있는 세태라 제사나 부모님의 생신과 같은 날이 친지와 식구들이 모여 우애를 돈독히 하고 끈끈한 정을 재확인하는 계기가 되기도 한다. 이마저 없다면 일 년에 몇 번이나 식구들이 모이겠는가? 관혼상제를 비롯해 제사나 애경사에 사람들이 모였던 전통적인 풍습은 아마 문중을 단합시 키고 형제간의 우의를 높였던 데에도 그 목적이 있지 않았나 생 각하게 된다.

비단 형제나 친지간에만 이런 만남과 단합이 필요한 것은 아니 다. "멀리 있는 친척보다 이웃사촌"이라는 말도 있지 않은가? 바 로 곁의 이웃과 상부상조하고 안부를 물어 식구처럼 지내는 모습 또한 아름다운 풍속이다. 사람은 혼자 사는 것이 아니고, 늘 희 비애락을 나눌 수 있는 이웃사촌이 필요하다. 전통문화는 낡은 것이 아니라 우리 민족의 오랜 지혜와 멋이 담긴 풍속이다.

옛날엔 오대봉송이라고 5대조 제사까지 모셨는데, 이날 모임을 통해 친지들은 항렬을 확인하고 조상의 은덕을 새기며 집안과 문 중의 자랑으로 살아야 한다는 무언의 훈계를 얻곤 한다. 종갓집 맏며느리는 고달팠지만 곳간 열쇠를 주어 문중 살림을 도맡게 했 으며, 며느리 간의 우의도 돈독하게 했다.

정월대보름의 길놀이, 쥐불놀이, 단오의 굿, 석전놀이는 집안 을 떠나 마을공동체의 단합의 장이기도 했다. 모두의 화평과 복 을 서로 빌어 주며 돕는 것이 인지상정이었다. 삭막한 관계를 넘

당신을 만나 행복합니다

어 우애와 봉사의 정신이 살아 있는 우리 미풍양속을 계승하는 삶이 아름답다.

　시대적 변화에 따라 관혼상제 문화가 조금씩 퇴색되는 가운데 미풍양속도 변질되고 있다. 우리 후세대에는 더 미흡해져 그 본뜻과 형태를 계승·발전할 수 있을지 걱정이다. 우애와 정성으로 지켜 온 협동정신이 퇴색되어 삭막한 풍속으로 변모했다는 것이 안타깝다.

골프는 즐기는 운동이다

마음대로 뜻대로 잘 안 되는 것이 골프다. 골프는 자기와의 싸움이다. 꾸준한 연습과 실습을 병행해야 하고, 이를 위해 시간과 돈을 투자해야 한다. 정말 좋아서 즐겨야 하는 운동이다. 젊어서는 열심히 돈을 벌고 어느 정도 나이가 차면 직업상 사교의 목적으로 골프를 하게 된다. 야구나 농구 같은 격렬한 운동과는 달라, 골프는 나이를 먹어서도 즐길 수 있는 스포츠다.

흔히 골프에 입문하면 힘 빼는 데 삼 년, 마음 비우는 데 또 삼년을 수련해야 비로소 골프의 참맛을 느낄 수 있다고 한다. 골프는 잘 치려는 욕심, 조바심 때문에 실수하는 운동이다. LPGA에서 한국 여자골퍼들이 많은 우승컵을 들어 올렸는데, 그들은 신체적인 연습도 혹독하게 하지만 정신적인 컨트롤 훈련도 그만큼 한다고 한다.

나이 들어 익히는 골프의 묘미 중 하나는 자연스러움이다. 처음 골프채를 잡을 땐 어깨에 힘이 들어가 성적이 저조하다. 골프는 꾸준히 연습해 힘을 빼고 마치 호흡하듯 자연스럽고 부드럽게 쳐야 한다. 배운 대로 생각하며 마음을 비워야 한다. 그 자리를 즐겨야 좋은 성적이 나온다. "100을 못 치는 사람은 연습을 게을리 한 사람이고, 90을 치는 사람은 가정을 버린 사람이고, 80을 치는 사람은 직장을 버린 사람이다."란 말이 있다. 일정한 경지까지 오르기 위해 얼마나 집중력 있는 연습이 필요한지를 보여주는 말이다.

타수를 줄이려면 코스 상태, 잔디 결, 바람과 습도를 파악하고 본인의 컨디션에 걸맞은 클럽을 직감적으로 선택해야 한다. 욕심이 아닌 충만한 자신감도 필요하다. 골프는 이변이 많은 스포츠다. 장애물이나 연못, 벙커에 부담을 느껴 마음이 흔들리면 실력이 발휘되지 않는다. 연습장에서 연습할 때의 자세와 시선 처리를 다시 상기하는 것도 도움이 된다.

드라이버 스윙이나 아이언 샷, 퍼팅은 무조건 과감하게 해야 한다. 18홀을 돌며 타석마다 신중하게 스코어를 하며 여유로운 마음으로 실수를 점차 줄여 나가야 한다. 그래서 골프는 정신력의 운동이기도 하다.

골프를 즐기기 위해선 건강과 좋은 친구가 필요하다. 이런 여건을 갖췄다면 골프는 참 좋은 운동이며 인생의 동반자다. 골프를 하며 시간 약속을 엄수하며 상대를 배려하는 매너 또한 익히게 되는데, 그만큼 골프는 신사의 스포츠다. 늙어서도 할 수 있는 골프, 나는 이래서 골프를 좋아한다.

골프는 연습, 또 연습해야 한다. 일단 욕심을 버리고 세월과 함께 유유자적 여유와 묘미를 찾아가자.

당신을 만나 행복합니다

생활은 생각이다

사람과의 만남과 관계는 생각과 생각의 교환이라고 볼 수 있다. 사람의 생각은 다양하고 늘 현안에 대한 찬성과 반대, 보류 등으로 교차하고 있다. 저마다 주관이 있기에 사회생활에선 이 끊임없는 생각의 교류와 부딪힘을 피할 순 없다. 가끔 회의나 모임에서 서로 신경전을 벌이다 목소리를 높여 상대를 억누르려 하는 감정싸움을 보게 된다. 상대의 입장에서 다시 한 번 의견 교환을 하거나 타협하려는 자세가 바람직하다.

저마다 손해는 절대로 보지 않으려 하고 이익을 추구하는 것이 냉정한 현실이기도 하다. 때로 자신의 것을 우선적으로 챙기지 않고 주장하지 않으면 오히려 무능하다고 평가받기도 한다. 경쟁사회의 단면이랄까? 경쟁에서 이긴 사람을 대접하고 그 과정보다는 승리라는 결과에만 집중해 승자를 똑똑한 이로 인정하기도 한다.

생각 속에서 생활이 만들어지고 좋은 생각이 인생을 바꾼다. 내 생각만 있는 것이 아니라, 상대 생각도 엄연히 존재한다. 내 주장만을 밀어붙이는 행위는 적대감을 불러온다. 설득하고 절충해서 의견 통합을 끌어내는 소통이 필요하다. 상대의 생각을 충분히 들어 주고, 안도감을 줘 친밀감 속에 의견 일치를 본다면 사람도 얻고 좋은 결정도 얻은 것이다.

내 생각을 상대가 인정하길 바란다면, 나와의 관계를 환기시키고 설득해 상대가 내 편이 되도록 존중해야 한다. 자신의 생각이 정말 옳다고 생각된다면, 모든 일에 몸을 사리거나 모르쇠로 일관해선 안 된다. 그건 기질이나 재능의 문제가 아니라, 나태함과 게으름의 문제다. 그런 사람은 시간이 지나도 지위가 높아지지 않고, 항상 뒤처진 인생을 살게 된다.

높은 책임성으로 제 일처럼 생각하고 과감하게 처리하면 다양한 기회가 오고, 자연스레 노력의 대가를 얻게 된다. 그 과정에서 만난 사람들의 관계와 힘이 모여 또 다른 기회와 성공의 길을 열어 간다. 잡생각이 많거나 일이 많다고 투정하면 고생한 만큼 대가를 얻지 못하고 성공의 기회 또한 없다.

적극적이고 주도적인 자세로 자신의 생각대로 행동해야 한다. 생각한 대로 살지 않으면 성공의 기회도 없다. 생활은 생각이다! 생각 속에서 생활이 만들어지고, 좋은 생각은 인생의 승리자로 안내한다. 능력과 인품을 인정받아 자연스레 노력의 대가를 얻게 될 것이다.

굴레와 함께 산다

사람은 굴레 속에서 살아가는 굴레 인생이다. 사람이나 동물은 한정된 울타리 안에서 살아가게 되는데, 그 울타리가 굴레다. 훨훨 날아다니는 새는 자유로워 보이지만 그들에게도 보이지 않는 규범, 즉 울타리가 있다. 철새는 계절에 따라 생존을 위해 이동하는데, 제 나름대로 살던 곳을 찾아 살아간다. 우리 인간은 여러 가지 규범이나 법에 따라 일정한 굴레 속에서 살아가기 마련이다.

이 굴레는 부모 구실, 자식 구실, 남편 구실 등 특정한 의무와 역할을 준다. 이 의무와 도리를 다해야 원만한 삶을 살 수 있다. 이 굴레는 얼핏 자유를 제약하는 것으로 보여도 인간이 인간답게 살 수 있게 해 주는 사회적 규범이다. 이 굴레 때문에 자신을 보호하고 품위를 지킬 수 있다.

가축은 다른 곳으로 도망칠 수 있기에 울타리라는 굴레를 만들어 가둔다. 소나 말은 코뚜레에 메어 평생을 갇혀 살아간다. 인간은 법과 규범의 굴레를 만들어 죄를 사전에 경고한다. 규범을 지키면 자유롭지만, 이를 어기면 처벌받는다.

사람은 가끔 굴레를 벗어던지고 자유로이 훨훨 뛰놀고 싶어 하지만, 이 굴레를 친구로 받아들여 함께 살아야 한다. 굴레는 내 운명이고 사람으로 해야 할 도리를 다하게 해 주는 역할도 한다. 굴레가 고통은 아니다. 굴레는 극단적인 이기심과 방종이 아니라, 사회와 가족을 위한 헌신을 할 수 있게 해 준다.

남녀끼리 사랑은 굴레가 아닌 환희와 행복의 끈이다. 부부간의 굴레는 결혼 생활 유지를 위한 서약이며 행복을 쌓아 가는 기본 전제다. 우린 혼인서약을 통해 평생 헌신할 것과 믿을 것, 그리고 정절의 의무를 다할 것을 맹세한다. 이 굴레는 법적인 강제라기보다 서로에 대한 굳은 신뢰를 기반으로 스스로 지키는 것이다. 자신을 구속하여 자유를 얻는 것, 이것이 부부간의 굴레다.

그러나 사회적으로 격리시키는 타율적인 굴레도 있다. 사회적으로 용인하기 어려운 죄를 짓거나, 타인에게 심한 고통을 안겼을 경우 일정 기간 격리한다. 이 굴레는 감옥이다. 국가로부터 자신의 자유를 완전히 결박당하게 된다. 물리적인 굴레만 있는 건 아니다. 음주운전으로 인사사고를 내면 평생 죽은 피해자에 대한 가책으로 마음의 감옥에서 살게 된다.

사람에겐 만인에게 평등한 법이 있다. 잘 지키면 자유와 행복

당신을 만나 행복합니다

을, 이를 어기면 굴레를 준다. 굴레는 하나의 규범이며 세상살이
가 하나의 울타리다. 이 울타리 속에서 자유로운 존재가 바로 사
람이다. 굴레가 삶을 위한 하나의 약속이고 책임이다. 사람은 굴
레와 친구가 되어야 성실하고 진정으로 자유로운 삶을 살아갈 수
있다.

걱정거리는 내 친구다

사회생활을 하다 보면 여러 가지 걱정이 생기고 걱정거리를 만들기도 한다. 이렇듯 사람은 걱정거리와 함께 살아갈 수밖에 없다. 사회심리학자의 통계에 의하면 우리가 살아가며 늘 가지고 있는 걱정 중 40%는 문제가 되지 않는 사건이고, 30% 미만은 이미 일어난 걱정거리이며, 22%는 사소한 걱정거리, 4%는 우리가 바꿀 수 없는 걱정, 오직 4%만이 우리가 대처할 수 있는 걱정이라고 한다.

걱정에는 해결할 수 있는 걱정과 그렇지 않은 걱정이 있는데, 대체로는 별것 아닌 걱정거리라고 한다. 걱정을 짧게 하는 것이 효과적이며 해결책 또한 빨리 찾아야 정신건강에 좋다. 걱정의 영역은 자식, 질병, 금전, 사랑 등 무한대이다. 걱정을 하면 다른 걱정이 따라오며 마음고생은 배로 커진다.

사회가 복잡해지면서 이로 인해 파생되는 문제도 다양하다. 걱정거리가 생기면 속으로만 앓을 것이 아니라 문제를 꺼내 해결책을 찾는 것이 좋다. 문제가 법적 문제인지, 사소한 문제인지, 도의적 책임의 문제인지 등 문제의 성격을 제대로 규정해야 해결할

당신을 만나 행복합니다

수 있다. 쉽게 해결할 수 있는 걸 복잡하게 만들어선 안 된다. 때로 걱정거리를 해결할 수 있는 답은 의외로 가까운 곳에 있기도 하다. 주변에서 답을 찾는 것도 하나의 방법이다.

걱정은 마음고생을 만들고 화를 만든다. 걱정거리는 그저 늘 왔다 다시 가는 한순간의 길동무 정도로만 취급해야 한다. 걱정거리는 일생에서 늘 있는 내 친구이지만, 평생 짐처럼 버겁게 업고 가야 하는 짐은 아니다. 때론 걱정거리를 액땜으로 여기는 것도 하나의 방법이다.

사람은 비가 와도 걱정, 농민은 눈이 많이 와도 걱정, 어부는 태풍이 올까 걱정이다. 세상에는 아슬아슬한 걱정거리가 너무나 많고 우린 이 걱정거리와 친구가 되어 함께 살고 있다.

걱정을 너무 키워도 안 된다. 걱정은 늘 있는 것이고 또 걱정거리 안에는 늘 해결책이 있다고 생각하며 지내는 것이 좋다. "걱정해서 걱정이 해결되면 걱정할 일 없겠네."라는 말이 있다. 걱정거리를 친근한 길동무라고 생각하고 지나치게 복잡하게 생각하지 않았으면 한다. 물론, 걱정거리를 사전에 만들지 않는 게 상책이겠지만 말이다.

욕심은 성공의 지름길이다

욕심이 있어야 성공한다는 말을 흔히 한다. 사람의 욕심도 하나의 재산이고 얼마든지 긍정적인 힘으로 사용할 수 있다. 욕심 있는 사람에게 열정도 있고, 목표도 비교적 뚜렷하다. 결핍된 그 무엇인가를 채우기 위해 노력하며 의지를 벼린다. 게으르거나 어리석은 이는 욕심도 없다. 물론 지나친 욕망은 사람을 망가뜨리기도 하지만, 성취할 수 있는 욕심은 성공의 지름길이다. 욕심이 활력소가 돼 자신을 더욱 성숙시킨다.

욕심에도 여러 가지가 있다. 돈 욕심은 있는데 일 욕심은 없는 사람이 있다. 이런 경우 한낱 헛된 욕망이라 해야 할 것이다. 세상에 좋은 욕심은 일 욕심, 사람 욕심, 변화 욕심, 봉사 욕심과 같은 것이 아닐까? 일하는 것이 좋고, 뜻을 도모하기 위해 좋은 사람을 끝없이 갈구하고, 또 삶과 세상을 바꾸기 위한 욕심, 끝없이 사람에게 주고 싶은 기부 욕심 말이다. 그렇게 해야 성이 차는 사람들이 있다.

과시욕, 명예욕, 지배욕, 소유욕도 있다. 사람에게는 남들에게 과시하고 싶은 욕망이 있고, 또 어떤 측면에선 과시를 위해 열

당신을 만나 행복합니다

심히 일해 성공하고 싶어 하기도 한다. 나보다 성공한 사람을 보면 시기하고, 남의 실패가 마치 나의 안위인 것처럼 기뻐하기도 한다. 참 못된 욕심, 이기심이다.

개인의 욕심이지만 이 욕심이 끝없는 에너지를 만들고 사회를 변모시키는 경우도 많다. 자신의 욕심이 어떤 고귀한 가치를 실현하는 것이라면, 그것을 성취했을 때 더 큰 행복감을 느끼게 된다. 이런 사람은 역경 앞에 굴하지 않고 강한 정신력으로 결국 문제를 해결한다.

그러나 무리한 욕심은 실패의 원인이 되기도 한다. 냉정한 타산이 필요하다. 실현 가능성과 위험요소, 이에 대한 방비책, 무엇보다 자신의 객관적 역량을 정확히 봐야 한다. 자신의 능력을 터무니없이 과대평가하거나, 자신의 욕망을 위해 모험을 해선 안 된다. 지름길로 생각한 길이 때로 낭떠러지로 안내할 수 있다.

세상 무엇 하나 쉬운 게 없다. 모두가 땀과 노력의 결실이다. 기왕이면 욕심을 부려 의미 있는 일을 설계하고, 이를 정복하기 위한 계획을 세우자. 분수에 걸맞은 욕심은 언제든 좋다. 인생의 성취는 때로 한순간 자신이 생각했던 상상과 욕심으로 이루어진다.

사람의 욕심도 하나의 능력이고 욕심 있는 사람이 모험과 성취감을 원한다. 꿈이 있고 실력과 의지가 있으면 성공할 수 있다. 목표를 세워 욕망을 키우는 성숙한 삶은 '성취할 수 있는 욕심'을 충족시켜 결국 성공의 지렛대가 된다.

당신을 만나 행복합니다

보석 같은 인연

만남이 인연이 되고 인연은 운명이 된다. 만남으로 인해 사람은 아름다운 삶을 살 수 있다. 사람의 만남은 하늘만이 그 섭리를 아는 신비의 끈이고, 우리 생활 자체가 만남의 연속이다. 만남으로 동행의 여정이 시작된다. 이웃사촌으로, 직장동료로, 동창으로, 친구로, 연인으로, 조직의 동지로, 부부로, 이런저런 인연으로 함께 살아간다.

제일 좋은 인연은 부부의 연이다. 신이 내려 주신 가장 아름다운 보석이다. 백년해로할 수 있는 동반자를 만나 평생 반쪽이 되어 완성체가 되는 인연이니 천상배필이라고 해도 과언이 아니다. 부부의 연은 좋을 때나 싫을 때나 어쨌든 함께 가는 동지의 연이기도 하다.

사람의 인연도 운이 따라야 한다. 하늘의 별같이 수많은 인연 중 말이 통하고 좋은 감정을 느끼며 서로를 위해 주는 사람을 만난다는 건 보통 일이 아니다. 복이 더해지면 그 인연은 평생지기로 발전한다. 그런 사람을 곁에 둔 사람은 행복하다.

보통 사람을 만날 때 세 번째 만남에 관심이 생기고, 여섯 번째 만남에 마음의 문을 열고 아홉 번째 만남에 끈끈한 연대의식이 생겨 생의 동지로, 동반자로 지내게 된다. 참인연이 시작되는 것이다.

전생에 옷깃만 스쳐도 인연이라고 했는데, 우리네 인연은 정말 알 수 없는 운명의 연속인 것 같다. 우연이든 필연이든 우리가 만난 모든 인연을 소중하게 가꿔야 한다. 하늘에서 맺어 준 만남을 귀하게 여기고 생이 다할 때까지 그 만남을 헛되이 만들지 말아야 한다.

첫 만남에 호감과 매력을 느낀 이를 좋은 벗으로 두고 함께 살아가려면 우의를 돈독히 하는 노력이 필요하다. 안부가 궁금해 연락을 주고받고 한잔 술자리의 허심탄회한 대화도 필요하다. 애경사에 들러 축하하고 함께 슬퍼하는 것은 기본이다. 이런 것들이 쌓여 자연스레 좋은 벗으로 발전한다. 오랜 세월을 함께 보내는 것은 이렇듯 좋은 벗으로 서로를 숙성시키는 조건이기도 하다.

수만 갈래의 인연 중 빛나는 보석으로 인연을 발전시키는 건 결국 내 할 탓이다. 소중한 만남, 하늘에서 맺어 준 인연을 이 생명 다할 때까지 헛되지 않도록 멋진 동행을 했으면 한다.

인(因)은 씨앗이고, 연(聯)은 열매라고 했다. 씨앗은 모든 조건이 좋으면 잘 자라고 인연이 성숙하면 반드시 꽃이 피고 좋은 열매도 맺는다.

우정을 꽃피우려면

좋은 매너와 인간성을 가진 긍정적인 사람을 만나면 그 매력에 빠져 금방 친구가 된다. 마음이 맞고 서로를 아껴주니 곁에 있으면 든든하고, 못 보면 보고 싶은 사람이 바로 벗이다. 우정은 천만금으로도 살 수 없는 인생의 가장 빛나는 보석이다. 내가 어려울 때 감싸주고, 낙망 속에 힘들어할 때 위로해 주는 친구가 모름지기 백년지기 영원한 친구다. 친구에게 고민을 털어놓으면 털어놓는 것만으로도 그 무게가 줄고, 즐거운 일을 나누면 기쁨은 배가된다. 소중한 친구와는 허심탄회한 대화를 끝없이 이어 갈 수 있다. 다정다감한 매력 속에 대화는 물 흐르듯 자연스럽고 포근함을 느껴 마음이 밝고 유쾌하다.

친구와 포도주는 오래될수록 좋다. 참된 친구는 늘 대등한 위치에서 존중해 준다. 서로를 이용하려 하지 않으며 또 굳이 특별한 신세를 지려고도 하지 않는다. 참된 친구는 의기투합이 잘되고 말다툼이 일지 않는다. 때로 생각이 달라도 심기를 헤아려 경청해주고 다정하게 대해 주는 이가 진정한 친구다.

행동거지나 눈빛만 보아도 친구의 마음을 알아본다고 해서 예부터 오랜 친구를 지기지우(知己之友)라 했다. 나에게 이런 진정한 친구가 있는지 생각해 보자. 살아온 인생길을 돌아보며 나에게 진정한 친구는 누구인지 생각해 보는 여유를 갖는 것도 좋다.

세상살이에 너무 바빠 좋은 친구와의 연이 이어지지 않고 성숙시키지 못했다면 지금이라도 늦지 않았다. 뜻을 세우면 마음이 동하고, 마음 가는 곳에 몸도 간다. 좋은 관계를 맺어 왔던 매력적이고 의리 있는 이의 손을 잡는 것도 좋다. 만나고 도와주며 믿어 주면 자연스레 지기지우가 된다. 언제나 겸허한 자세로 존중하면 더 멋진 우정을 나눌 수 있다.

참된 친구 두서넛만 있어도 인생의 두려움이 없다. 내 마음을 줄 수 있고 나를 알아주는 친구가 있다면 천하를 다 얻은 것과 같다. 세상 사는 재미는 이렇듯 진정한 친구와 함께 걸어가는 데 있다. 친구 따라 강남 갈 수 있는 애정 어린 친구가 관포지교다. 친구와 참된 우정의 꽃을 피우게 될 것이다. 친구야, 놀자!

비판하지 말라

　사람은 비판받기를 싫어한다. 비판과 비난은 쉽게 구분되지 않기도 한다. 비판은 헐뜯음이다. 잘못된 비판은 중상모략이나 괴롭힘이 될 수 있다. 비판은 삶에 도움이 안 된다.

　비판은 될 수 있는 한 하지 않는 것이 좋다. 적당한 비판은 조직의 발전을 가져오고 그 사람에게 약이 될 수 있지만, 그래도 비판은 상대방의 마음에 상처를 남길 수 있다. 오해의 소지 또한 다분하다. 사람과 함께 일을 해나가는 데 있어 비판은 약보다 독이 될 경우가 많다. 우린 비판과 비난, 지적과 조언, 감정과 이성을 절대적으로 구분하기 어렵다.

　적당하다고 생각한 비판마저도 상대에게 상처를 주거나 조직 문화를 위축시킬 수 있다. 우린 누구나 칭찬받길 원한다. 자신의 잘못이 있어도 콕 찍어서 사람들 앞에서 밝히면 상처받는다. 이렇게 상처받은 마음은 잠자리에 누워도 서운함이 남는다.

　칭찬은 돈 안 들이고 상대를 춤추게 하는 묘약이다. 칭찬받길 원한다면 먼저 칭찬해야 한다. 칭찬은 뚜렷한 공헌이 있을 때 그

　　　　　　　　당신을 만나 행복합니다

야말로 순수한 의도로 하는 것이 좋다. 칭찬의 시점도 중요하다. 적기에 해야 한다. 아부나 아첨으로 들릴 수 있는 칭찬은 오히려 역효과를 낸다. 칭찬은 반드시 칭찬받을 근거가 있을 때 제때 해야 한다.

　칭찬은 많은 사람 앞에서 하는 것이 좋다. 칭찬받은 사람도 고무되고, 이를 지켜본 이들도 좋은 마음으로 따라 배우고 각성하기 때문이다. 입에 발린 습관성 칭찬은 오히려 실없이 보여 진정성만 의심받는다. 칭찬은 좋지만 과찬은 그 진정성을 의심받을 수 있으므로 금물이다. 칭찬은 구체적 행동에 대한 진심 어린 것이어야 한다. 칭찬받은 이는 자부심을 느끼고 더 큰 자신감을 갖게 된다. 그가 사람과 조직에 더 헌신하게 되는 것은 자연스러운 경로다.

　아이에게도 비판과 지적보다는 좋은 행동과 동기를 칭찬할 때, 나쁜 행동이 자연스럽게 교정된다. 장한 일을 했거나 공부를 열심히 했거나 심부름을 잘했거나 돈을 꾸준히 모아 저금을 했거나 몸이 불편한 이웃을 도와주었을 때 모두 칭찬해야 한다. 아이들의 행동을 유심히 보면 칭찬할 일이 아주 많다. 칭찬받은 아이들은 더 의기양양하고 활기차게 더 적극적으로 선행할 것이다.

부부간에도 마찬가지다. 비판보다는 하루에 3번 이상 칭찬하며 살면 부부관계의 큰 윤활제가 된다. 부부간에 비판하면 그 충격과 상처가 아주 오래간다. 좋은 비판, 꼭 필요한 비판이라 할지라도 부부간에는 조심하는 것이 좋다. 비판은 삶에 전혀 도움이 되지 않는다.

이름은 내 인생이다

태어나서 받은 이름, 그 이름이 내 얼굴이다. 인생에서 가장 중요한 흔적을 남길 수 있는 유산이다. 내가 죽는 날까지 내 이름은 나의 영원한 길동무이며 내 정체성이다. 이름은 부르기 편하고 쓰기 좋고 오래 기억되는 것이 좋다. 부모님은 아이의 이름을 지을 때 사주와 팔자를 고려해 정화수를 떠 놓고 기도하는 심정으로 짓는다. 평생 불리기에 처음부터 세심하게 검토해서 짓는 것이 좋다. 간혹 너무 엉뚱하거나 특색이 지나친 이름이 있어 나이 들어서 자기 이름을 바꾸려는 사람도 많다. 또 문중의 항렬을 따라 돌림자를 반드시 넣어야 하는 집안도 있고 산이나 강, 꽃의 명칭도 이름에 사용한다.

선진국에서는 이름을 불러주는데, 우리는 이름을 명확히 불러주는 습관이 부족하다. '김 과장', '박 사장'과 같이 직책만을 부르다 보면 소중한 이름에 대한 기억도 흐려진다. 사회생활을 하며 만난 이의 이름 모두를 불러 주면 정말 기분이 좋다. 사람들에게 기억된 나의 이름, 호명되는 나의 이름이 어찌 보면 사회관계의 모든 것을 말해 주기도 한다.

우린 새로운 만남이 있을 때 통성명이나 명함을 주고받는데, 통성명을 분명하게 하지 않고 우물쭈물 말해 기억하지 못하고 얼마 안가 이름을 잊어버리곤 한다. 통성명할 때 자신의 이름과 상대의 이름 모두 존귀하게 대해야 한다. 나는 사람을 만나고 나면 받은 명함 뒷면에 그 사람의 정보와 만난 동기, 장소를 써 둔다. 나중 명함을 정리하다 보면 자연스레 만난 장면이 기억나고, 그 덕에 많은 이들의 이름을 기억할 수 있었다. 그렇게 기억한 이름을 다음에 그이를 만날 때 불러 주면, 그 사람은 자신을 기억해 준다는 사실에 무척이나 고마워하며 친밀감을 느낀다. 사업을 하는 사람이나, 만남을 잘 가꾸고자 하는 사람은 상대의 이름을 잘 기억하고 귀중히 대하는 마음이 있어야 한다.

호랑이는 죽어서 가죽을 남기고 사람은 죽어서 이름을 남긴다. 결국 이름값을 모두 남기게 된다. 자신의 이름은 곧 명예이기에 이름에 먹칠하는 행위를 해서는 안 된다. 그래서 이름이 빛날 수 있도록 이름값을 하며 사는 것도 중요하다.

"당신 아버님은 참 괜찮은 분이셨다."

이런 말을 들을 수 있으면 행복할 것 같다. 사람들에게 존경받고 사랑받는 어른으로 남고 싶다. 내 이름을 생각할 때, 사람들이 따뜻한 온기와 정감을 떠올리면 좋을 것 같다. 내 이름은 내 흔적이고, 내 인생길이며 내 간판이다. 기왕이면 내 이름이 소중한 유산으로 영원히 기억될 수 있는 삶이었으면 한다.

사랑의 둥지

살아 있는 모든 생명체는 둥지를 짓고, 그 둥지를 통해 생활 터전을 만들어 보금자리를 꾸린다. 이른바, 사랑의 둥지다. 사랑의 둥지를 통해 가족의 이름으로 동고동락하며 자손이 늘고 의식주를 해결하며 이 둥지는 모든 생활의 바탕이 된다. 밖에서 활동하다 돌아오면 쉼터가 되고, 가족 간 정감 있는 대화에 위로도 받고 새로운 충전도 하게 된다. 가족생활 공동체는 자녀들에겐 살아 있는 교육장의 역할도 한다. 가족의 행복의 원천이자 삶의 마지막 보루가 바로 이 둥지다.

날이 저물면 사람이고 짐승이고, 새나 곤충까지 둥지를 찾아 휴식을 즐긴다. 그래서 가정을 떠나 지하철에서 노숙하는 사람들을 보면 너무나 안타깝다. 대부분의 사람들이 아파트, 주택, 오피스텔 등 여러 형태의 둥지를 얻기 위해 열심히 일하며 재산을 모은다.

대개 우리 가정은 남자의 능력이나 열정에 따라 삶의 모습이 바뀐다. 생동감 넘치는 행복한 터전이 될 수도 있고, 지루하고 무력한 일상이 될 수도 있다. 남자는 또 여자 하기 나름이다. 이

당신을 만나 행복합니다

렇게 하나의 가정이 형성되면 자녀들은 부모들에 의해 절대적인 영향을 받는다. 돈독한 부부관계는 이 사랑의 둥지를 더욱 위대하게 만든다. 자녀에게 어려서부터 예의범절과 법도를 가르치고, 인격의 존중과 배려를 가르치며 새로운 사회의 일원으로 훈육해야 한다. 그럴 때 이 둥지는 더욱 공고해진다.

　둥지를 꾸렸다고 행복의 온상이 저절로 유지되는 건 아니다. 새들도 끊임없이 둥지를 손질하며, 또 자녀가 태어나면 천적으로부터 보호하기 위해 새로운 둥지를 틀고 계절이 바뀌면 좋은 먹잇감을 찾기 위해 둥지를 옮긴다. 사람도 마찬가지다. 가족은 섭리에 따라 자연스레 주어질 수 있으나, 가족 내의 좋은 기풍과 문화는 부부의 노력을 통해 얻을 수 있다. 이 둥지는 휴식만을 위한 공간이 아니며, 서로를 향한 따뜻한 관심과 구체적인 애정이 있을 때 진정 사랑의 둥지로 변모할 수 있다. 사랑의 둥지야말로 행복을 채워 나갈 수 있는 발판이며 유일한 안식처이다.

남자는 자존심이다

남자의 자존심은 목숨을 걸 만큼 강하다. 남자의 자존심은 자신감이며 신념이자, 자신의 명예다. 자존심 때문에 싸움하고 상처받고 때로 원수지간이 된다. "다른 건 다 건드려도 자존심은 건드리지 말라."는 말은 일리가 있다. 이렇듯 자존심은 그 사람의 정체성이며, 사람을 사람답게 만들어 주는 명예의 원천이기도 하다.

모든 자존심이 소중한 건 아니다. 건강한 자존심이 있는 반면, 쓸데없는 똥고집과 아집도 있다. 무조건 욱하는 옹졸한 방어적 태도는 오히려 자존감 없어 보이며 때론 철없는 아이로 보이게 만든다. 즉, 피해와 상처에 찌든 유약한 사람으로 보이게 만드는 것이 이 자존심이다. 이럴 때 사람은 더욱 외로워지며 자신을 괴롭히게 된다.

자존심과 명예는 남자를 남자답게 만들기도 하지만, 사람의 자존심은 치명적인 성질을 가지고 있기에 조심히 다루어야 한다. 부부간에도 자존심 대결 때문에 가정 파탄이 일어나기도 한다. 쓸데없이 시집과 친정, 본가와 처가를 비하해 씻을 수 없는 상처

당신을 만나 행복합니다

를 주기도 하고, 다른 부부나 사람과 비교하거나 약점을 잡아 비꼬아 '이혼'을 결심하게도 만든다. 모두 치명적으로 자존심을 건드든 경우다.

부부간에도 절대로 해선 안 되는 말이 있는데, 그건 바로 '무능하다', '쓸데없다'와 같은 존재 가치를 부정하는 말이다. 남자는 자존심이 더욱 강하다. 남성은 아픈 상처나 특정 기억, 징크스에 빠르게 반응한다. 친구들 사이에서도 말을 가려야 한다. 자존심을 건드리는 말은 교육적 효과는 물론 치유 효과도 없다. 단지 관계의 파국만을 가져올 뿐이다. 내가 존중받고 싶으면 상대 역시 철저히 존중해야 한다. 사람들은 진지하고 품격 있는 대화를 원한다.

무심코 한 말이 자존심을 건드리고, 이 자존심 때문에 혈투를 벌이는 존재가 인간이다. 어른의 정신세계가 그럴듯해 보이지만, 이 자존심의 영역에 들어가면 아이들보다 유치찬란하게 저주하고 복수하는 게 또 어른의 세계다. 자존심 때문에 사람의 운명이 바뀌고 인류의 역사가 바뀐다는 말이 헛소리만은 아니다. 마음속으로 싫어할 순 있어도 상대에게 절대로 상처를 주는 말을 해선 안 된다.

"참, 이 사람은 자존심도 없어?"

자존심 없는 사람이라 여겨 그런 말을 할진 모르겠지만, 세상에 자존심 없는 사람은 없다. 그 사람의 자존심은 크게 상처받는다. 울화가 치밀어 올라 새로운 싸움의 불씨가 된다. 누구든 처세가 안 좋은 사람은 있어도 자존심 없는 사람은 없다.

자존심은 자립심이나 명예심, 긍지와도 상통한다. 남에게 의존하지 않고, 불의에 굽히지 않으며 자신의 소신을 지키는 것 또한 자존심이다.

당신을 만나 행복합니다

오늘 할 일
오늘 하는 습관을 길러야

오늘 하루가 인생의 출발점이다. 오늘이 어제가 되고 내일이 오늘이 된다. 하루하루 정성스러운 돌탑을 쌓듯 최선을 다해야 한다. "오늘 하루는 누군가에겐 그토록 살고 싶었던 내일"이라는 말도 있다. 오늘을 잘 살아내기 위해선 어제를 되돌아봐야 한다. 어제의 부족함과 잘못이 무엇인지를 곰곰이 성찰해 거울로 삼아야 한다.

맹목적인, 어제와 같은 오늘은 안 된다. 오늘은 거저 주어지는 것이 아닌 생(生)의 선물이다. 오늘 최선을 다해 살아 보람을 느껴야 새로운 내일이 있다. 오늘이 엉망이면 내일도 불안하고 미래에 대한 낙관이 없어진다. 시간이 흐를수록 몸과 정신은 더욱 편해지고자 한다. 오늘 일하지 않으면 내일도 일하기 싫은 게 사람이다. 사람의 정신과 몸은 그 자체로 보수적이다. 뛰면 서고 싶고, 서면 앉고 싶고, 앉으면 눕고 싶다.

오늘 하기로 한 일, 오늘 생각한 일을 오늘 하는 것이 가장 현명한 삶이다. 오늘 만나기로 한 이가 있으면 반드시 만나고, 오늘 처리하기로 한 잡무가 있다면 오늘 하자. 물론 다음 날에도 그 일을 할 순 있을 것이다. 하지만 내일 해야 할 일은 다시 미뤄져서 내일 만날 수 있는 신비로운 기회와 새로운 삶은 보류된다. 오늘 일은 오늘 하자.

오늘이 성공의 척도다. 오늘이 성공적이면 내일은 더 밝고 모래엔 행복이 기다리고 있다. 오늘을 어떻게 보내느냐에 따라 내일 우리의 운명이 바뀐다. 시작이 반이다. 내일이면 늦을 수 있다. 무슨 일이든 미루는 습관이 들면 빈틈이 생기고 시행착오가 반복되며, 이 반복되는 문제 역시 익숙해져 온통 문제 더미에서 허덕이는 자신을 발견하게 된다. 오늘 변해야 내일은 혁신한다.

우리 삶은 하루하루 모두 소중하다. 오늘 할 일은 오늘 반드시 하기로 마음먹고, 아침에 일어나면 웃으며 시작하자. 오늘 하루 행복의 문을 노크하자. 꼭 열릴 것이다. 생각과 행동을 바꾸면 새로운 문이 활짝 열린다. 그 이후엔 매일 똑같은 하루가 아니라 매일 다른 하루, 오늘은 무슨 일이 벌어질지 궁금해 가슴이 뛰는 하루가 시작된다. 내가 치열하게 산 오늘이 바로 내일을 기약하는 지렛대가 된다. 오늘이 바로 인생의 시발점이다.

당신을 만나 행복합니다

사랑도 하나의 모험이다

사랑을 얻으려면 용기가 절대적으로 필요하다. 사랑은 정해진 답이 없는 투기성 모험이며, 신이 내린 인연의 끈을 잡으면 순간이 영원으로 이어지는 운명의 장난이 시작된다. 만남에는 수많은 우연과 필연이 교차하지만, 사랑의 인연은 순간의 용기가 없으면 포착하기 어렵다.

깨끗한 매너와 부드러운 감성으로 좋은 인상을 주어 사랑이 싹튼다. 모든 만물의 짝짓기가 그렇듯 인간의 사랑에서는 유독 승자와 패자가 분명하다. 승자만이 동반자를 얻고 일생을 함께할 수 있다. 사랑의 패자는 쓰라린 기억으로 외롭게 살아가게 된다. 물론 그 역시 새로운 사랑을 위해 도전해야 한다.

사랑도 하나의 모험이다. 핏줄이 다르고 환경이 다르고 가치관이 서로 다른 남녀가 만나 가정을 이루고 일심동체를 완성한다는 것 자체가 기적에 가깝다. 그러나 사랑은 이 기적을 아무렇지도 않게 만들어 낸다. 신은 운명적 만남의 연인에게 사랑의 큐피드를 쏘는데, 순간 눈에 콩깍지가 씌워지고 심장의 박동은 그이에게만 조준된다. 잠시 스치는 손등의 느낌만으로도 격정을 느끼며, 잠자리에 들기 전 서로의 얼굴이 유독 보고 싶은 마법의 여정이 시작된다.

결혼은 두 번째로 시작되는 인생 여정이다. 부모님의 품에서 독립한 이들은 새로운 인생을 사는 것과 마찬가지다. 물론 결혼 길이 줄곧 꽃길일 수만은 없다. 평지가 아닌 급격한 오르막을 만나 굽이굽이 길을 올라 막다른 절벽도 만난다. 폭염과 폭우와 같은 우여곡절도 겪는다. 사랑에 빠져 결혼한다지만, 이 결혼 생활의 여정은 생각보다 길다. 서른 살에 결혼하더라도 대개 50년을 함께 보내게 된다.

사랑은 나눌수록 커진다. 감싸주며 보듬으며 사랑에 취했을 때 사람의 행복지수는 최고가 된다. 반대로 사랑에 무심해지고 신경 쓰지 않아도 적금처럼 사랑이 늘 그 상태로 존재할 것으로 생각하면, 그때부터 짜증이 시작된다. 허탈하고 무기력해지며 상대의 매력보다 상대의 단점이 먼저 보인다. 사랑을 줄 때 행복하고, 받을 때 행복해야 참사랑이다.

여성은 생활 하나하나를 애정 어린 추억거리로 만들길 원한다. 서로의 만남이 우연이자 모험이었지만, 사랑의 완성은 서로의 노력과 사랑으로 이루어진다는 점에서 정직하다. 살며 사랑하며 쌓

당신을 만나 행복합니다

이는 정은 청춘 시절의 불꽃사랑보다 깊고 강열하다. 이는 오랜 세월을 견뎌 사랑을 지킨 부부라면 공감할 것이다. 부부의 정은 강하다.

사랑은 정답이 없다. 느낌이고 운명의 장난이다. 순간의 용기와 순간 포착의 모험이다. 사랑은 나눌수록 커지고 행복지수를 높이며 매일 함께한 날들이 달콤한 해피엔딩을 선사한다.

술이 술을 먹어선 안 된다

술에는 낭만이 있고 철학이 있고 노래와 멋이 있다. 술은 인류의 동반자였고 우리를 위로하는 필수적인 기호품이다. 적당히 마시면 기분이 좋고 스트레스도 날려 삶의 활력소가 된다. 그러나 많이 마시면 실수를 유발하고 싸움을 만들기도 한다. 술기운에 별것도 아닌 일로 말싸움을 시작하고, 시간이 지나면 왜 싸웠는지도 모르면서 원수지간이 되곤 한다. 그야말로 술이 술을 먹은 것이다.

사람의 삶에는 지켜야 할 법도가 있듯, 술에도 주도가 있다. 술은 처음 배울 때부터 엄격하게 배워 약간 어렵게 마시는 예의범절을 익혀야 한다. 술은 내 주량만큼 약간 취할 정도로만 마시는 것이 좋다. 술은 때로 범죄의 원인이 되기도 하고 생명을 단축하는 독약이 되기도 한다. 술은 만병의 원흉으로 지탄받기도 한다.

술은 석기시대부터 만들어져 지금에 이르기까지 다양한 종류로 발전해 왔다. 벼농사를 했던 아시아에선 막걸리와 소주가 만들어졌으며, 보리가 많았던 유럽에선 맥주가, 포도주가 잘 자라는 남미에선 와인이, 옥수수가 즐비했던 미국에선 럼주가, 혹한의 겨

당신을 만나 행복합니다

울을 견뎌야 했던 러시아에선 독한 보드카가 위세를 떨쳤다.

술은 사람을 춤추게도 하고 허풍도 떨게 하며 진한 공감과 우의를 준다. 하지만 인생을 파멸로 이끌고 가는 것 또한 술이다. 음주운전을 하거나 술을 먹고 폭력을 행사하는 주취범죄의 뒷이야기엔 꼭 "술이 웬수"라는 말이 빠지지 않는다.

술은 뇌세포를 자극하여 감수성이나 순발력을 둔화시키고 행동을 제약한다. 처음엔 웃음을, 다음엔 분노를, 그리고 마지막엔 극단적인 슬픔을 선사한다. 우울증 때문에 술을 먹다 더 지독한 우울증에 빠지는 이유도 여기에 있다. 술이 술을 먹어선 안 된다.

술은 무엇을 먹느냐보다 누구와 함께 마시는가에 따라 그 맛이 다르다. 좋은 사람과 먹으면 술맛도 일품이다. 반가운 벗과 만났을 때 술이 없다면 무슨 재미가 있겠는가. 술이 없었다면 이 세상은 건전할지는 몰라도, 삭막하고 심심하고 아무런 멋도 없었을 것이다.

"한 잔 술은 약이요, 두 잔 술은 웃음"이라고 했다. 주도를 지키며 제 주량만큼만 마시면서 낭만을 즐겨야 멋이다.

part 4 _____

●

만남, 그리고 만남

인(因)이 씨앗이라면, 연(聯)은 열매다.
인생의 모든 것이 만남을 통한 관계로 결정된다. 만남이 인연이라면
그 인연이 관계를 만든다. 누구에게나 좋은 관계로 도움 주는, 관심과
배려가 충만한 삶이 기품 있는 삶이다.

부부는 화목이다

환경이 다르고 생활이 다른 남녀가 만나 인생길을 함께 가자니, 여러 가지 크고 작은 갈등이 생긴다. 무심코 한 말이 상처를 건드릴 수도 있고 자존심을 건드려 오해를 키울 수도 있다. 부부 간의 다툼은 대부분 사소한 것에서 시작해 무언의 시위, 즉 침묵의 전쟁을 하기도 하는데 이럴 땐 집안엔 냉기가 흐르고 식구끼리 관계도 서먹해진다. 가정이 편해야 가족이 즐겁고 평화로운 일상이 되는데, 이 냉전은 여러 가지로 마음을 불편하게 한다.

부부는 화목이다. 평소에 서로 예의를 지켜 존중심을 표현하고 양보해야 한다. 다른 사람과 비유하거나 양가 집안의 약점을 건드리는 건 최악이다. 고집스러운 말 대신 항상 듣기 좋은 말과 칭찬을 아끼지 말아야 한다.

"사랑해, 당신뿐이야!"

이 말을 자주 하는 것이 애정을 두텁게 하는 길이다. 부부끼리는 항상 눈을 바로 보고 대화하고 작은 소리로 스킨십도 자주 해 로맨틱한 대화가 이어질 수 있어야 한다. 잉꼬부부도 갈등을 피

168

할 순 없다. 때로 별것도 아닌 일에 언쟁하고 돌발적으로 부부싸움을 해서 집안 분위기가 엉망이 되기도 하는데, 미리 좋은 분위기를 만들거나 대화로 해결하는 게 좋다. 그래도 싸움이 된다면 피하는 것도 좋은 방법이다.

 부부는 서로가 반쪽이 되어 온전한 일심동체가 된다. 부부싸움엔 어느 반쪽이 져 주는 아량이 매우 중요하다. 사랑에도 변수가 있고, 사랑의 감정이 영원할 순 없다. 존중과 배려가 가정을 지키는 유일한 힘이기도 하다. 찰떡궁합이 만들어 내는 아름다운 하모니가 바로 노부부의 애틋한 사랑인 것 같다. 항상 상대방의 입장에서 말하고 나이 먹어서도 존중심을 보이는 70대 부부의 삶에서 배운다. 서로 잘 안다고 천박한 말을 할 것이 아니다. "난, 정말 결혼 잘했어."라고 자부심을 느껴 보자.

육체를 움직여라

우리 육체는 신비롭다. 오장육부의 조화 기능이 탁월해 우리가 몸을 움직이면 제각기 능력을 발휘해 생명의 신비로움을 보여 준다. 생명체이기에 우리 몸은 고장도 나고 망가질 수도 있지만, 자연 치유되거나 치료를 통해 회복되기도 한다. 인간의 육체는 많이 움직일수록 제 기능을 발휘하도록 설계되어 있기에, 몸을 아끼는 것은 만병의 근원이다.

또한 모든 병의 근원은 마음에도 있다. 마음이 약하거나 겁을 먹으면 병에 더 잘 걸린다. 강하게 마음먹고 언제나 자신 있게 행동하며 원만한 대인관계를 유지하는 것도 중요하다. 자기 체력에 맞는 운동을 하고 음식을 골고루 먹고 숙면하고 올바른 자세로 생활하면 건강을 유지할 수 있다.

아침 일찍 일어나 청소하고 웬만한 거리는 걸어 다니며 항상 의욕적으로 생활해야 한다. 하루 30분은 무조건 운동하며 몸을 관리해야 한다. 우리 육체는 정말 신비롭다. 혹시 제 기능을 발휘하지 못하면 대체기능까지 있어 자연치유를 하고 면역력도 부여한다. 몸에 이상 징후가 있으면 병원 검진을 통해 관리해야 한

당신을 만나 행복합니다

다. 중증질환은 조기 검진이 중요하다. 일에 쫓기고 생활에 밀리면 건강도 위협받는다. 고통과 기능저하가 올 수 있기에 2년에 한 번 조기검진을 통한 예방은 필수다.

많이 걷고 근력운동을 하는 등 많이 움직여야 육체가 제 기능을 발휘한다. 조물주는 사람의 몸을 신비롭게 만들었다. 신비롭고 소중한 생명을 재인식하고 주어진 생명을 거역하지 말고 주어진 천수를 다해야 한다. 마음이 굳건하고 자신감이 철철 넘칠 때 매사가 순조롭고 의욕적으로 일할 수 있다. 원하는 일도 성공적으로 마무리할 수 있다.

내 육체는 신의 은총을 받은 걸작이다. 육체가 녹슬지 않게 골고루 사용해야 장수한다.

백수 생활이 고달프다

　백수는 괴롭다! 대학을 나와도 취직하기 위해 학원이나 정부 제공 무상교육을 전전하며 노력해야 하는 백수 생활은 고달프다. 수십 번 이력서를 내고 면접도 치러 봤지만 시원한 구석이 하나도 없으니 정말 문제다. 청년실업이 국가 문제로 대두되면서 일자리 창출을 위해 국가적으로 대책도 세운다. 하지만 국가가 나서서 만드는 일자리에는 한계가 있다. 게다가 자동화 시스템이 사람의 몫을 대체하면서 더욱 일자리가 줄어들고 있다.

　실력이 탁월하거나 인맥이 많거나, 특기나 돈이 있으면 취직이나 창업을 할 수 있지만 이것저것 미흡하면 대부분 백수 생활을 하게 된다. 기업도 어려우니 과감한 신규 채용을 못 하고 청년들은 갈 곳을 잃어 세월만 보내야 한다. 끝이 보이지 않는 청년실업 문제를 당장 해결할 방도가 없어 안타까울 뿐이다.

　대학까지 졸업하고 백수가 되니 부모님에겐 짐이 되어 청년들은 이중의 마음고생을 한다. 직장이 없으니 결혼은 물론, 내 집 마련도 꿈꾸기 어렵다. 세계적인 불황 탓도 있겠지만 미국이나 일본, EU의 기업들은 나름 안정적으로 자리를 잡았는데 우리나

　　　　　당신을 만나 행복합니다

라의 고통은 참으로 모질고 길기만 하다.

젊으니 일시적인 고통을 감내할 수 있지만, 청년실업이 장기적으로 고착되어선 안 된다. 일부 기업인과 위정자들이 제 잇속만 챙기고 청년실업은 대수롭지 않게 생각하는 듯해 아쉽고 화가 난다. 청년들은 일하고 싶어도 일할 곳이 없다.

청년 백수는 오늘도 일거리를 찾아 거리를 방황하거나 아르바이트를 하며 근근이 생활비를 충당한다. 백수를 면하자면 학창 시절 더 열심히 공부하거나 기술력으로 승부 볼 수 있는 학과를 선택해 비교우위를 선점해야 한다. 과학기술의 발달로 4차 산업 혁명 시대에는 일자리는 더욱 줄어들 것이다. 당장 마음에 드는 일자리가 아니더라도 생활을 할 수 있고 기반을 다질 수 있다면 우선 그런 일자리라도 도전해 보는 게 현명한 삶이다.

대기업이 아닌 중소기업이라도 내가 열정적으로 일할 수 있고, 조건이 부합된다면 생각해 보라! 이런 눈치 저런 눈치 안 보려면 우선 백수를 면해야 한다. 백수 생활을 빨리 정리하고 새로운 삶이 있는 곳, 중소기업 쪽으로 관심을 가져 보라!

좋은 매너

개성이 뚜렷하면서도 세련된 기품과 인간미를 가진 사람. 포용력이 강한 사람을 좋은 매너의 소유자라고 한다. 세상엔 멋진 매너를 가진 이가 많다. 친밀함에 진솔함까지 겸비한 멋쟁이들이 말이다. 그러나 저질 매너에 얌체 같은 사람도 있다. 불필요한 불안감을 조성하고 사기 공갈에 협박을 일삼는 사람들 말이다.

우리 사회는 좋은 사람과 나쁜 사람이 함께 살아가야 한다. 그러나 나쁜 사람보다는 좋은 사람들이 더 많기에 사회의 안정이 유지된다. 단정한 외모에 따뜻한 마음씨, 자신감 넘치는 행보와 양보의 미덕을 가진 신사를 만나면 우린 깊은 인상을 받는다. 깔끔한 외모와 지적인 내면, 겉과 속이 한결같아 품위 있는 사람을 좋아하게 된다. 유능하면서도 말과 행동이 바르면 더욱 존경받는다. 우린 그런 사람을 더욱 신뢰한다.

좋은 매너를 함양해 사람들에게 존경받으려면 독서를 통해 지식을 연마하고 진실하게 행동해야 한다. 겸손함과 덕을 쌓아 좋은 인사성을 가진 사람이 진정으로 매너 있는 사람이다. 여유로움에 지성과 유머 감각까지 겸비한 사람이다. 진정한 매너는 다른 사람이 만들어 줄 수 없고, 꾸미거나 포장하기도 어려워 오직 본인만이 만들 수 있는 인생 연출이기도 하다.

나이 들어갈수록 외모를 깨끗이 하고 세련되게 가꾸고, 사람을 친근하게 대하며 인간미와 자상함을 갖춰야 한다. 좋은 매너는 사람을 돋보이게 하고 국가 이익에도 기여한다. 개성과 이기심만을 정당화하는 사회 풍조 속에서는 인간미 있는 매너를 발견하기 어렵다. 매너는 타인에 대한 배려와 존중에서 나오며, 내가 남에게 받고 싶은 처우를 내가 먼저 하겠다는 마음에서만 싹튼다.

사업은 선택받은 사람만이
할 수 있다

현대의 기업 경영은 누구나 할 수 있는 것이 아니다. 선택된 능력자나 전문경영인이 잘할 수 있는 시대다. 전문경영인은 시대의 흐름을 정확히 읽고 눈에 드러나지 않은 잠재적 수요와 문화의 변화까지 감안해 상품 개발이나 기업 전략을 수립해야 한다.

타고난 전문경영인은 강한 성취욕으로 시련 속에서 자수성가한 사람들이 많다. 그들은 덕성을 가졌으면서도 뛰어난 판단력과 결단으로 놀라운 경영 수완을 보이기도 한다. 좋은 경영인은 혼자만의 능력이 아니라 구성원들에게 강한 책임감과 동기를 부여해 열정을 동원하고, 직원들 간의 능동적인 협조와 소통을 끌어낸다.

경영인의 경영철학에서 중요한 것은 회사 사랑 못지않은 직원 사랑의 정신이다. 직원이 있어 기업이 있다는 마인드와 내가 잘나서 직원을 먹여 살린다는 마인드는 전혀 다르다. 리더가 직원을 챙기고 예우할 때, 직원은 더욱 큰 헌신으로 회사에 보답한다.

당신을 만나 행복합니다

성공하려면 나를 믿고 내 그릇을 알고 노력해야 한다. 뼈를 깎는 고통과 땀의 결실이 곧 성공이다. 사업을 하면 외롭고 고통스럽다. 최고 경영인만이 느끼는 피 말리는 긴장감이 있다. 이 고통을 참고 견뎌야 성공할 수 있다. 회사와 직원을 책임지는 경영인이라면 기업 발전전략으로 세운 목표는 완강하게 밀고 나가야 한다. 우물쭈물하면 절대로 성공할 수 없다.

시대 변화를 정확히 읽는 것도 중요하다. 수많은 글로벌 기업이 10년을 못 가 순위가 바뀌고 무너지고 합병된다. 경영자산 타산은 필수다. 새로운 제품 개발에 필요한 R&D비용과 마케팅 유통비용, 경직된 인건비와 리스크를 충분히 타산해 비용 절감 대책을 세워야 한다. 때로 수백억의 광고보다 기발한 판매 전략으로 시장 순위가 바뀌기도 한다.

직원의 직무 능력을 높이고 부서 간 협력을 증대시켜 효율성을 높이는 것도 경영인의 몫이다. 잡무가 아니라 중요한 일에 시간을 투자해 제대로 일할 수 있는 근로 분위기를 조성하는 것도 중요하다.

기업 경영의 핵심은 경영철학이다. 경영인이라면 자신의 경영철학을 공표하고 이의 구체적인 실현 사례를 직접 보여 주어야 한다. 대표이사가 선장으로서의 능력과 지휘력을 보여 줘야 직원들이 더욱 믿고 따를 것이다. 의사결정의 신속성도 중요하다. 좋은 아이디어와 혁신적인 방안이 있다면 수많은 문서와 형식적인 회의를 거치기보다 바로 결정해 주어야 한다. 책임자들과의 소통은 보고를 받기 위한 것만이 아니라, 빠른 의사결정을 통해 직원들이 효율적으로 일하게 하는 데에도 그 목적이 있다.

경영자가 평생직은 아니다. 본인이 시대에 뒤처졌거나 기업 경영에서 실패하면 책임지고 물러나 다른 전문경영인에게 기회를 주어야 한다.

관계가 좋아야

인생의 모든 것이 만남을 통한 관계로 결정된다. 만남이 인연이라면, 그 인연이 관계를 만든다. 누구에게나 좋은 관계로 도움 주는, 관심과 배려로 해맑은 삶을 유지하는 삶이 기품 있는 삶이다. 서로 관심이 멀어지면 인간관계가 유지되지 않는다. 무관심은 나중에 벽과 경계를 만들고 배타적인 적개심도 만든다.

좋은 관계란 마음이 통하고 정감이 가며 진솔한 관심 속에서 이뤄지는 것이다. 사람은 누구나 좋은 관계로 지속적인 만남을 이어 가길 원한다. 그러나 이 모든 것이 쉽지만은 않다. 의견 충돌이나 이기심으로 좋은 관계를 악연으로 몰고 가는 경우도 있다. 지금껏 맺어 온 관계의 무게, 그 사람의 가치가 가볍지 않지만 순간적인 실수나 감정으로 소중한 관계를 망가뜨리기도 한다. 관계의 소중함을 자주 생각하면 더욱 진중해지고 존중하게 되어 어처구니없는 대립이나 실수를 피할 수 있다.

관계라고 하면 흔히 남녀 간의 사랑을 생각하기도 한다. 남녀의 관계 또한 애정과 관심으로 이루어지는 성스러운 의식이다. 선남선녀가 느끼는 사랑의 극치다. 사랑의 구체적인 표현이며,

서로의 애정이 여전히 뜨겁게 타오르고 있다는 사랑의 반응이다.

 혹시 나쁜 관계가 되어 버린 사람이 있다면 마음을 고쳐먹고 관계를 재설정하는 것도 필요하다. 특정한 시점을 계기 삼아 새로운 관계로 시작하는 것도 인생의 멋이다. 좋은 인간관계야말로 진정한 행복을 주는 명품 인생이다. 관계가 좋아야 삶도 멋있고 보람도 얻는다. 세월이 흐를수록 소중히 가꿔 온 관계가 더욱 무게 있게 다가오며, 그 사람이 없었다면 얼마나 재미없었을까를 생각하게 된다.

당신을 만나 행복합니다

부부의 날도 있어요

　이 세상에 부부만큼 소중한 관계도 없다. 부부는 '화목'을 기치로 달콤한 사랑으로 행복을 만들어 완성된 인간을 서로 도모하는 관계다. 한쪽이 부족하면 한쪽이 채워 주며 그렇게 한 떨기 꽃으로 완성된다. 2004년 5월 21, 부부의 날이 국가기념일로 시행된 첫날이다. 가정의 달 5월에 둘(2)이 하나(1)가 된다는 의미에서 5월 21일을 부부의 날로 정했다. 그러나 널리 알려지지 않아 모르고 지나가는 아쉬운 날이다.

　5월 21일이 부부의 날이라는 것을 알면 그날만큼은 더 값지고 행복한 시간을 누릴 수 있을 것이다. 5월 21일을 기억해 배우자에게 데이트 신청을 하면 좋은 점수를 딸 수도 있다.

　여자에게 사랑은 생활의 전부다. 나의 부부 생활을 돌아보면, 아내는 오직 사랑으로 살아가는 의미를 찾고 영위하는 듯하다. 여성은 사랑하기 위해 산다고나 할까. 부부끼리는 말을 조심해 상처를 주거나 약점을 들추지 말아야 한다. 고집과 주장만을 내세울 것이 아니라 서로의 긍정적인 면에 오히려 주목해야 한다.

일단 결혼하면 인생 전체가 부부 생활과 직결된다. 결혼했으면 혼인서약에 대한 책임과 도리를 다해 행복하려 노력하자. 사랑은 마르지 않는 샘물이라고 하지만, 노력 없이 늘 유지되는 건 아니다. 그 샘이 마르지 않도록 사용해야 한다. 사랑은 조건 없이 주는 것이다. 주면 받게 되는 게 사랑이다.

일생을 살아가면서 저녁이 여유롭고, 매해 겨울이 여유롭고, 평생에선 노년이 여유로운 삶이 행복한 삶이다. 행복한 부부 생활을 위해선 때로 새로운 활력이 되는 일도 있어야 하고, 리모델링을 해야 할 때도 있다. 사랑의 묘약을 구비해 놓아 늘 재충전할 수 있는 사랑의 기술 또한 필요하다.

부자로 살고 싶다

모든 사람의 바람은 부자로 사는 것이다. 부자로 살기 위해 공부도 하고 열심히 일해 돈도 모은다. 부자가 되기 위해 고난을 참아 내며 인생을 불태운다. 부자가 되기 위해서는 노력, 인내도 필요하지만 재운, 능력, 협조자, 여건 등을 하늘이 만들어 주어야 한다.

부자가 되려면 사전조사와 계획을 수립해야 한다. 투자가치와 사업수지 계산, 수익 창출을 위한 운영 방법, 시장성을 탐색하고 그 가능성이 매우 높을 때 자본력으로 사업해야 한다. 부자는 먼저 돈을 모으고 남은 돈을 쓰지만, 가난한 사람은 돈을 먼저 쓰고 남은 돈을 저축하려 한다. 돈을 벌기도 하고 쓰기도 해 보면서 돈의 가치와 위력을 아는 것이 먼저다.

돈의 소중함을 각인해야 한다. 우선 돈이 지갑에 적당히 있어야 든든하고 마음의 여유가 생긴다. 돈을 벌기 위해선 때로 다른 사람의 투자를 끌어내거나 돈을 빌릴 줄 아는 능력과 배짱도 있어야 한다. 부자가 되기 위해서는 하늘이 만들어 주고 도와줄 협력자가 필요하다. 그래서 도움이 필요할 때 도움을 줄 수 있는 동지가 절대적으로 필요하다. 부자로 살고 싶으면 부자를 인정하고 존경하고 믿고 신뢰를 쌓아 가야 한다.

새로운 아이디어를 현실화시키는 창의력과 성실함도 필요하다. 기회가 생기면 바로 움켜쥘 수 있는 과단성도 중요하다. 자본이 있어도 기회를 놓치면 결국 그 자본도 조금씩 사라지고, 초기 수익이 높아도 세상 흐름을 잘못 보면 큰 손실을 보기도 한다.

경제적 여유가 있는 사람은 로또복권을 사지 않는다. 오직 절약하고 성공을 위해 묵묵히 돌진할 뿐이다. 부자로 살려면 다른 사람보다 약속과 신의를 잘 지키고 기회를 포착해야 한다. 수입이 생기면 50%는 저축하고 30%는 생활에, 20%는 새로운 구상과 투자를 위해 써야 할 때 써야 한다.

졸부와 큰 부자의 차이도 있다. 신용과 철학이다. 큰 부자는 젊어서부터 약속과 신용으로 자신의 가치를 키워 온 사람이고, 졸부는 일확천금을 벌어 흥청망청하는 사람이다. 투지와 노력이 만든 부자가 있고 부모의 힘이나 불로소득으로 된 부자가 있다.

부자로 살고 싶다. 억만장자까지는 아니더라도 부자로 살면 좋겠다. 그러나 부자를 꿈꾼다고 해서 모두 부자가 되는 것은 아니다. 부자는 타고난 팔자에 재운이 있어야 하고, 결국 하늘이 도와야 한다. 묵묵히 돌진하는 사람을 하늘이 선택하면 그 사람은 큰 부자가 된다.

  내가 하고픈 일을 열심히 하고, 남에게 의존하지 않아도 여유 있게 살 수 있고, 내 자신이 부자라고 생각하는 사람이 부자일 것이다.

세상은 급변하고 있다

세상이 빠르게 변하고 있다. 모든 세상 만물은 변화·발전한다. 변화는 자연의 섭리이고 과학기술의 발전은 밝은 미래를 보장한다. 인간을 깜짝 놀라게 하는 새로운 발명품은 시간을 다퉈가며 쏟아지고 있다. 예전에 공상과학영화에 나왔던 아이디어들이 현실화되고 있는 중이다. 바야흐로 사람이 말을 하면 집과 승용차의 전자기기들이 명령을 수행하고, 발사한 우주로켓을 다시 회수하며, 드론이 배달하는 시대다.

인류에게 필요한 것이었지만 사람들이 그 구체적인 형상을 생각하지 못할 때 만들어 내는 신제품, 이를 만들어 내는 사람을 '메이커'라고 한다. 한번 시작된 기술혁명은 멈추지 않을 것이다. 스마트 폰이 처음 나왔을 때 이것이 인류의 문화를 바꿀 것으로 생각한 사람은 많지 않았다. 하지만 지금은 이 반도체를 기반으로 한 4차 산업이 국가 경제를 좌우하는 첨단의 전쟁터가 되었다. 기술력과 개발 능력에 따라 국가와 산업의 흥망성쇠가 판가름 나고 국가의 신인도에까지 영향을 미친다.

세상은 급변하고 있다. 국토가 작아 자원이 적고 노동인구가

적은 우리나라의 출로는 수출밖에 없다. 공상만 하며 시간을 보낼 것이 아니라 사회 변화의 흐름을 정확히 예견해 새로운 수익을 창출할 수 있는 사업에 뛰어들어야 한다. 불필요한 사회적 논쟁과 이념 다툼보다는 실사구시의 정신으로 당장 나라에 필요한 미래의 먹거리 산업에 정치력을 집중해야 한다. 국제사회에서 금융 안정 신인도를 인정받아 투자에 매력적인 국가이자 독특한 문화국가로도 인정받아야 한다. 해외에선 대한민국의 역량을 높이 평가하는데, 서구에 대한 열등의식 때문인지 오히려 국내에선 저평가가 관행처럼 되어 있다.

세계적인 추세는 고부가가치 명품을 생산하는 것에 맞춰져 있다. 사람들은 감각적이며 세련되고 성능이 입증된 명품은 다소 비싸더라도 산다. 우리나라의 가전제품과 승용차, 반도체 상품, K-POP은 세계적인 명품으로 인정받고 있다. 모방품이 아니라 새로운 발명, 획기적인 아이디어에서 나오는 명품 개발만이 독점적 이익을 얻게 해 준다. 불확실성의 시대, 미래의 먹거리 성장 동력을 확보하는 것이 최우선 과제가 될 수밖에 없다.

단념은 마지막 길이다

성급한 결론은 인생을 허비하게 하거나 또 다른 시련만을 겪게 할 뿐이다. 무슨 일이고 쉽게 성취되는 일은 거의 없다. 시련을 넘어 고통을 참아 가며 최선을 다할 때 실마리가 조금씩 보이거나, 예전과는 조금 다른 느낌이 오는 등 성공의 감이 온다. 자신감이 생기면 더 큰 용기와 에너지로 힘을 내고 집중해서 승부욕을 불태운다. 성공엔 왕도가 없고, 대체로 이런 꾸준한 실천으로 인한 것이다.

사람들은 일이 잘 안 풀리거나 가망이 없다고 생각되면 쉽게 단념하고 어려움 앞에 굴복하려 한다. 결론을 빨리 내려 포기하는 경우가 많다. 이 경우 모든 것을 놓아 버려 마음은 후련할 수 있겠지만, 인생은 더 큰 시련을 겪어야 한다.

목표 달성이 어려우면 우선 남을 탓하기 전에 자신이 수립했던 목표와 이를 실현하기 위한 계획과 진행 과정을 다시 검토해야 한다. 정말 무엇이 문제였는지 진단하는 것이 첫 번째고, 그 진단에 따른 처방이 두 번째다. 명확히 진단했음에도 단념해야 한다면 생각하고 또 생각해 신중히 결단해야 한다. 이럴 땐 조급한 결단을

당신을 만나 행복합니다

피하고 고집이나 오기에서 벗어나 일생일대의 지혜로운 선택을 해야 한다. 사람은 연약한 존재이기에 결단은 어렵다. 생을 걸고 도전해 이룬 기업이었다면 그 진퇴를 결정하기란 더욱 어렵다.

좋은 아이템이라고 생각해 일생을 걸고 하는 사업이 위태로워 졌을 때, 그 심정은 다른 사람은 절대 모르고 오직 본인만이 안다. 단념해야겠다는 생각이 들더라도 바로 단념하지 말자. 정말 단념의 최종 결단은 마지막 선택이다.

모든 것을 걸고 시도한, 큰 성공을 거둘 나만의 묘책이 있었는데 이 모든 것이 무너진다면 하늘이 무너지는 느낌일 것이다. 사업에서 기쁨과 보람을 찾던 사람이라면 사업이 망하면 이후 인생도 망가질 수 있다. 그렇기에 단념은 최후 수단이 되어야 한다. 각고의 노력 끝에도 해결의 실마리가 보이지 않는다면, 그때 포기를 생각해 보아야 한다. 이 포기를 위해서도 깊은 사색이 필요하다. 지금 결정이 너무 빠른 결정은 아닌지, 오판일지, 다른 묘수는 없는지 모든 것을 하나하나 따져보고 생각을 정리해 가야 한다.

모든 것을 검토하면 오히려 명쾌하게 결론 내릴 수 있다. 그럴 때 손해도 덜 보고 새로운 돌파구가 생겨 인생을 아끼게 된다. 또 다른 도전으로 인생길이 열릴 수도 있고, 새로운 영감으로 성공 시대를 다시 만들 수도 있다. 그러나 보통은 큰 상처와 좌절감에 낙오자가 될 수도 있기에 단념할 때 필요한 건 오히려 재기하려는 오뚝이 정신이다.

성공하려면 때로 고통스러워도 바늘구멍을 찾아 버티는 힘도 필요하다. 끈덕지게 버티는 힘도 성공의 요소다.

지공처사의 인생살이

65세 이상이 되면 지하철은 공짜로 타는 지공처사(地空處士) 인생이다. 공원, 등산로, 고궁, 사찰 등 많은 시설 출입이 공짜고 오늘은 쉬고 내일은 놀고 모레는 휴식하는 정년의 삶이다. 덧없는 세월 속에 그 어느 날 직장을 나왔지만 인생 이모작을 만지작거리다 결국 할 일이 없어 산과 들로, 이곳저곳 구경하면서 공허하게 살아간다.

노인 인구가 늘어 우리나라도 이제 일본 같은 고령화 사회가 되었다. 어디를 가도 거리를 배회하는 지공처사들의 삶이 힘들게만 보인다. 나름대로 복지 혜택이 약간은 좋아져 지하철을 타고 온양이나 춘천, 그리고 가까운 산이나 공원으로 떠나는 사람이 많다. 평생 일만 하느라, 모은 돈이 없어 취미 생활이나 그럴듯한 여과 선용은 언감생심 꿈도 못 꿔 대부분 눈 뜨면 산을 향해 하루를 보내기 위한 아침이 시작된다. 점심은 저렴한 식사로 때우고 늦기 전에 집을 향해 무거운 발걸음을 재촉한다. 오늘 그리고 내일도 같은 일과 반복되는 생활이다. 병에 시달리거나 푼돈도 없어 이곳저곳을 방황하는 노인들의 현실이 너무나 안타깝다.

청년실업은 심해지고 저임금 일자리만 늘었다. 자식들의 수입원이 아르바이트나 대리운전, 비정규 임시직이니 부모를 돌볼 경제력과 여유가 없어 참으로 문제다. 취직하기 힘든 현실에 젊은이들이 의욕을 상실해서 포기하지 않을까 걱정된다. 결혼도 못하고 부모 공경도 못하는 젊은이들의 마음을 헤아려 주자.

지공처사의 인생살이는 이중의 고충이 있기에 노후의 불안감이 더욱 크다. 유수와 같이 흐르는 세월에 대한 덧없는 아쉬움만 커진다. 세월의 흐름을 30대는 30㎞로, 40대는 40㎞로 느끼지만 50대부터는 100㎞로 느끼고, 60대는 120㎞, 70대에 들어서면 140㎞로 인생이 간다고 한다.

50대 이후에 곱절로 세월이 빨리 가니 마음은 조급하고 빠른 세월만을 한탄하게 된다. 지금은 대개 55세나 62세에 정년퇴직을 하는데, 백세인생에서 남은 40여 년을 놀고먹어야 하는 노후 생활이다. 노후 준비를 충분히 해놓지 못했다면 세월과 더불어 불안감이 더해지고 소일거리조차 없다. 정말 답답하고 공허한 지공처사의 삶이 고달프다.

노인이 되면 매사에 솔선수범하고 말은 적게 하고 소일거리를 만들고 건강 관리를 철저히 하면서 내 삶은 내가 만들어 나가야

당신을 만나 행복합니다

한다. 어찌 보면 오래 사는 것도 짐이 되는 건 아닌지 생각 드는 때가 있을 것이다. 그러나 인간의 수명은 날로 늘어가고 뾰족한 대책이 없으니 어찌할꼬!

돈 있고 건강하면 현실이 지상낙원이 아닐까? 참으로 좋은 세상인데 노후 대책이 미흡해 마음이 편하지 않은 게 오늘날 현실이다.

신용을 목숨처럼

지금은 신용사회다. 한번 떨어진 신용은 회복하기 어렵고, 신뢰를 잃으면 그 사람의 가치가 떨어진다. 때론 눈앞에 보이는 이익을 위해 신용을 버리는 경우가 있는데, 바보짓이다. 신용을 저버리면 결코 성공할 수 없다. 잃은 이익은 언제고 얻을 수 있지만, 신용을 잃으면 모든 것을 잃는 것과 같다. 한번 무너진 신용을 회복하는 데는 그 신용을 쌓는 데 걸린 시간보다 갑절의 세월이 필요하다. 게다가 완전 복구는 불가능하다.

기업을 하는 사람에게 있어서 신용은 하나의 브랜드 가치이며, 가장 강력한 경쟁력이다. 사람들은 신용이 있기에 물건을 사고, 신용이 있기에 은행은 대출을 해 주며, 그 신용으로 투자가는 투자를 결정한다. 때로 기업이 어려워져도 듬직한 신용을 쌓은 기업가에게는 재기의 기회가 주어진다. 이렇듯 자본주의 사회에선 신용은 황금의 가치를 훨씬 뛰어넘는다.

신용은 결국 약속 이행이다. 작은 약속, 예를 들어 품질보증이나 물량 납기일을 조금씩 어기면 큰 신용도 잃는다. 작은 약속도 지키지 못하는 사람이 큰 규모의 사업 약속이나 대금거래 약속을

당신을 만나 행복합니다

지킬 것이라고 누가 믿겠는가? 때로 신용이행을 위해 다소간의 희생을 하는 것을 어떻게 볼 것인가? 난 약속 이행을 위해서라면 무조건 책임성 있게, 무리해서라도 지켜야 한다고 본다. 신용은 분명 그보다 큰 가치가 있다. 그렇게 쌓인 신용은 경쟁기업이 어떤 조치를 하든, 후발주자가 어떤 캠페인을 하든 범접하기 어려운 경쟁력으로 기업을 밀고 나간다. 그게 신용이다.

기업 경영이나 사업에서만 신용이 필요한 것은 아니다. 인간관계의 신용도 그만큼 중요하다. 말과 행동은 일치해야 하고, 약속했으면 지켜야 한다. 그랬을 때 신뢰하게 된다. 때로 약속을 지키지 못할 상황에 처하면 반드시 사전 이해를 구하고 거짓 없는 진실한 이유를 설명해야 한다. 약속은 어길 수 있어도 인간에 대한 신뢰까지 잃어선 안 된다.

관례나 안면을 고려해서 확실하지도 않은데 무조건 'YES'라고 해선 곤란하다. 확신이 서지 않으면 좀 더 생각할 시간을 달라거나, 아직은 판단이 서지 않는다고 해야 한다. 'YES'라고 말하기 전에 침착하게 생각하고, 순간적인 분위기에 영향을 받아선 안 된다. 때로 답변을 늦게 해도 괜찮다. 대충 된다고 이야기하고 얼마 못 가 안 된다고 하는 실없는 사람이 되는 것보단 백번 낫다. 이것이 바로 신용이다.

신용은 하나의 약속이고 목숨처럼 지켜야 하는 삶의 철칙이다. 신용을 잘 지키는 것도 책임의식이고 하나의 습관이다. 신의로 만들어진 신용도가 물거품이 되는 일이 없도록 신용을 지키는 큰 인물이 되어야 한다.

당신을 만나 행복합니다

흙이 생명줄이다

　사람은 흙에서 살다 흙으로 돌아간다. 흙과 더불어 사는 흙의 인생이다. 흙을 갈고 흙에 씨를 뿌리고 흙에 퇴비를 주어 먹거리를 얻는 농촌이야말로 우리 생명의 보루다. 세종대왕이 한글을 창제할 때, 그 원리는 세상 만물의 근원인 천(天) · 지(地) · 인(人) 3가지였다. 하늘이 있고 땅이 있기에 사람이 있을 수 있다는 원리는 우리 민족의 근원적 철학이었다.

　땅의 신비로운 힘을 잘 볼 수 있는 계절은 역시 봄이다. 겨우내 단단해진 얼음덩이 밑으로 생명체가 살 수 있을까 하지만, 봄이 오면 땅은 흙냄새로 기지개를 켜고 동지섣달 품었던 생명을 밀어 올린다. 종달새가 춤을 추듯 날고 농군들이 산과 들로 나가 농사 준비를 하는 봄이야말로 신묘한 대자연의 이치를 그대로 드러내는 계절이다.

　흙은 생명줄이고 인류에겐 생존의 근원, 젖줄이다. 시대적 흐름이겠지만 이촌 향도 50년, 이제 농촌엔 사람이 없다. 70세 노인이 농민 청년회 막내로 총무를 하고, 운동장에 빽빽하게 모였던 까까머리 이야기는 옛말일 뿐 전교생 7명 남짓의 작은 학교가 많다.

밀려드는 저가 수입농산물 때문에 요즘 도시 사람들은 마치 농촌 없이도 살 것처럼 생각하기도 하는데, 그 어떤 사람도 단 하루라도 농촌의 먹거리 없이 살 순 없다. 중국산 채소와 남미산 과일이 물밀듯이 들어와 상대적으로 우리 농산물이 비싼 것처럼 되어 버렸다. 농민 역시 배추, 마늘 값 폭락 등으로 부침을 겪다 보니 농작물 선택이 투기요 모험이 되어 매년 농작물의 가격 폭락과 폭등이 반복되고 있다. 그러나 '신토불이'라고, 우리 농산물이 우리 체질에 맞다.

농촌의 자연환경 자체가 천연자원이기도 하고 관광자원, 환경자원이기도 하다. 여름철 끝없이 펼쳐진 보리밭, 가을에 황금물결 치는 논은 그 자체로도 격조 높은 관광자원이자, 홍수와 대기의 기온까지 조절하는 천연의 환경자원이기도 하다.

땅은 하늘이 내려 주신 보물이고 우리 후손이 천년만년 살아갈 삶의 터전이다. 땅을 사랑해야 한다. 흙을 깨끗이 보존해서 후손에게 물려줘야 한다. 플라스틱과 폐수, 각종 분뇨는 땅을 오염시키고 땅은 강을 오염시켜 결국 강은 우리에게 오염된 독극물을 돌려준다. 땅을 혹사해서도 안 된다. 내년에 풍성한 농작물이 나

당신을 만나 행복합니다

올 수 있도록 퇴비를 주고, 농약보다는 친환경 농법으로 하되 3년이 지나면 휴지기를 주어 땅심을 회복하도록 해야 한다. 흙의 소중함은 백번을 강조해도 부족함이 없다.

　흙은 언제나 이로움만 주니, 농촌 사랑이 도시민에게도 좋은 삶이다. 먹거리를 제공하는 생명의 근원, 땅을 깨끗이 보존해 땅과 사람이 영원한 동행할 수 있어야 한다.

중산층이 중심축이다

　빈부격차가 심화되어 우리나라의 중산층도 하나둘 무너지고 있다. 불균형인 사회구조와 경제 관계로 생활이 점차 어려워지자, 소득 분배의 불균형이 극심해진 것이다. 뚱뚱한 화병 모양의 소득 분포가 가장 이상적인데, 지금 우리나라는 홀쭉한 술병 모양으로 점차 양극화되고 있다.

　중산층이란 아파트 35평 이상, 월수입 8백만 원 이상, 중형차 2,000cc, 5억 원 이상의 예금, 3년에 한 번 정도의 해외여행을 할 수 있는 경제계층을 의미한다. 그러나 지금은 돈을 벌기도 힘들고 저임금 일자리만 만연하다. 부동산은 너무 올라 내 집 마련의 꿈은 점점 멀어지고만 있다.

　중산층이 경제의 중심축이 되어야 한다. 그래야 일자리와 내수가 살아나고 중소기업 역시 살아날 수 있다. 중산층이 해체되고 모두 생활고에 시달리니 마음고생이 말이 아니다. 모든 물체는 중심축에 의해 안정을 유지하고 지속성을 가질 수 있다. 지속 가능한 경제구조란 바로 중산층을 살리는 경제구조를 의미한다.

경제구조가 이런 상태로 지속된다면 빈부 격차는 더욱 심해져 사회적으로는 서민이 박탈감과 고립감을 느껴 각종 불안요소들이 전쟁처럼 터져 나올 것이다. 세대 갈등이라는 말이 있는데, 이 역시 경제에서 답을 찾아야 한다. 사회 갈등의 악순환이야말로 핵과 미사일로 어수선한 우리 사회를 더욱 힘들게 할 것이다. 경제적 위기는 사회불안으로 직결된다.

지금 우리 경제는 수출은 줄고 명품 개발은 뒤처지고 있다. 일본의 전철을 밟지 않나 걱정이다. 우린 창의력과 기술력을 기반으로 수출로 먹고 살 수밖에 없는 나라다. 자원도 없고 관광자원 또한 신통치 않은데 지금의 저성장, 양극화, 내수침체 경향성은 다가올 한국의 미래 50년을 경고하고 있다.

중산층이 우리의 힘이고 장래의 보루다. 사회중추인 중산층이 안정화될 때 GNP 3만 불 시대를 넘어 미래를 꾀할 수 있다. 나라의 경제정책과 외교 전략이 국민의 안정적 삶을 위한 중산층 육성에 맞춰졌으면 한다.

중산층이 생활고에 시달리다 보니 경제의 중심을 잃게 되어 서민 생활은 더욱 어려워졌다. 경제가 어려우면 경제 범죄도 많아져 사회적 혼란은 더욱 가중된다. 중심축이 안정되어 수출한국을 만들어야 밝은 미래가 보장된다.

경제가 힘이다

지금 우리 경제는 그 어느 때보다 어려움을 겪고 있다. 뉴스를 보면 한숨이 나오고, 꼭 뉴스를 보지 않더라도 피부로 체감할 수 있는 것이 바로 실물경제다. 시간이 흐를수록 백수가 늘어나고 자영업자들의 폐업률은 사상 최고치를 경신했다. 정치권은 이념 다툼을 밀어붙여 정국이 어디로 갈지 그 누구도 모를 지경이다. 실질적인 개혁이나 경제 성장은 뒷걸음치고 경제 대국의 꿈은 하나의 망상으로 전락하지 않을까 걱정이다.

경제 기반이 흔들리고 투자는 저조하고 내수는 살아날 기미가 보이지 않는다. 중국은 소비재는 물론 첨단산업에서도 국내 기업을 추월하고 있다. 국가전략산업 육성이라고 하는 건 그저 말일 뿐, 정치권은 죽어라고 기득권과 당략에만 몰두하고 있다. 국가가 있어야 내가 있고, 자유가 있다. 나라 경제가 살아야 나도 살 수 있다.

지금 전 세계는 경제전쟁을 하고 있는데, 대한민국은 내부의 일로 시간 낭비와 경제 낭비로 혼란을 자초하고 있다. 우리만 멈춰서 있는 듯하다. 기업이 살아야 투자시장이 활성화되고 내수가

당신을 만나 행복합니다

왕성해질 때 국민의 생활이 보장받는다.

경제가 힘이다. 우리만의 아이디어와 새로운 차세대 성장 동력으로 세계 경제 대전을 준비해야 한다. 경제 전반의 정체는 빨리 끝내야 한다. 중소기업이나 대기업이 함께 살 수 있는 경제 환경으로 다시 수출 한국의 기적을 일궈야 한다.

국가경쟁력을 강화시키고 민생을 안정시키는 특단의 조치가 필요하다. 정치판이 개혁되고 생산시설이 확충되어 사회 분위기가 선진화될 때 우리의 미래가 있다.

우린 항상 어려운 살림살이에 홀쭉해진 지갑을 보며 같은 소망을 가지고 산다. 이 고단한 생활은 언제쯤 끝낼 수 있는가? 언제쯤이면 신명 나게 일할 수 있는가?

다시, 경제가 힘이다. 국민 역량도 정치권의 노력도 사회지도층의 역량도 모두 경제 성장으로 집중되어야 한다. 경제 성장에 대한 국민적 합의를 바탕으로 힘을 모으면 제2의 '한강의 기적'도 가능하다. 진정한 세계화, 선진화는 바로 국가역량이 경제 성장으로 집중해야 이루어질 것이다.

국가가 있어야 나도 있고, 경제가 살아야 국민 생활이 윤택해진다. 국가 경쟁력을 강화하고 경제 기반이 안정되어 내수가 살아나고 생산시설이 확충되어 사회 전반이 안정적으로 활성화되는 것, 그것이 경제가 가진 힘이다.

당신을 만나 행복합니다

양지가 있으면 음지도 있다

세상은 음양의 이치와 같이 상반되는 성질이 공존한다. 강자가 있으면 약자가 있고, 행복한 이가 있으면 불행한 이가 있다. 부자가 있으면 가난뱅이가 있다. 밤과 낮, 즐거움과 슬픔, 양지와 음지가 늘 공존하는 게 우리 삶이다. 좋은 것이 있으면 나쁜 일이 있고, 잘살고 못사는 건 또 팔자소관이기도 하다. 이 또한 나의 것이요, 나의 운명이다. 이렇듯 사람의 운명엔 모두 반대의 길이 있다.

누구나 행복한 삶을 추구하지만, 모두가 다복하진 않다. 그런데 행복의 씨앗은 내면에 있는 경우가 많다. 정직하고 성실하고 겸손하게 살면 행복하다. 사람의 생은 유리할 때보다 불리할 때가 더 많다. 살다 보면 어처구니없이 괄시나 냉대를 받기도 하는데, 사람의 참모습은 이때의 처신을 통해 드러나기도 한다. 부당한 처우나 불합리한 공격을 그저 참는 것은 비굴한 바보짓이다. 최소한의 자기방어를 해야 한다. 있다고 자만하지 말아야 하지만, 또 없다고 비굴해지진 말자.

"사람 일은 모른다"는 말도 있다. 음지에서 오래 고난을 겪은 사람이 한순간 빛나는 위치에 설 수 있고 그 반대의 경우도 많다. 늘 덕을 쌓고 긍정적인 생각을 해야 하는 이유가 여기에 있다. 양지가 있으면 음지가 있고 음지가 있으면 양지가 있는 법이다.

태어날 땐 모두 빈주먹만 꽉 쥐고 태어났지만, 지금의 삶은 자신이 만든 것이다. 사람은 결국 자신의 분수와 능력, 복만큼 살게 된다. 이 모든 길을 자신의 선택으로 만들어 왔다는 것을 깨달으면 교만할 이유도, 위축될 필요도 없다. 다른 이를 대할 때도 마찬가지다. 권불십년 화무십일홍(權不十年 花無十日紅)이라 했다. 10년 가는 권세도 없고 열흘 이상 붉은 꽃도 없다. 지금의 권세가 세월이 흐르면 술자리 안줏거리로 전락하고, 오히려 지금 작아 보이는 자가 나중에 큰 뜻을 이루기도 한다.

유리하다고 교만하지 않고 불리하다고 비굴하지 말자. 사람이 약자에겐 강하고 강자에겐 약해진다고 하는데, 그렇게 살진 말자. 오히려 비굴함은 자기 처지를 더욱 비참하게 만들어 결국 되는 일이 하나도 없게 만들기도 한다. 비굴한 처세를 통해 한순간의 안위는 얻을 수 있겠지만, 생을 두고 조롱을 받기도 한다. 인간사 새옹지마(塞翁之馬)요, 뿌린 대로 거둔다. 사람의 마음이 바로 팔자소관을 만드는 희망과 재앙의 씨앗이다.

당신을 만나 행복합니다

사람의 참모습은 그 사람이 불리한 환경에 빠졌을 때 나타난다. 불리해도 당당하고, 정당하면 적극적으로 방어하는 사람이 되어야 한다. 언제나 당당한 양지의 사람으로 살아가야 한다.

오색 단풍의 유혹

　우리나라 금수강산은 가을에 그 절경을 뽐낸다. 가을에 접어들면 녹음이 꺼지며 산이 붉게 타오르기 시작한다. 경이로운 가을의 신비가 온 세상에 펼쳐진다. 외국인들에게 한국에서 가장 인상적인 것이 무엇이었는지 묻자, 뜻밖에 '아름다운 산'이라는 응답이 많았다. 우리나라 모든 산의 단풍은 너무나 아름다워 탄성이 절로 나온다.

　설악산, 내장산, 주왕산, 속리산, 대둔산, 한라산, 선운산, 지리산, 태백산의 단풍은 일품이다. 울긋불긋 단풍이 바람에 흔들리며 유혹한다. 모든 여행 중 단풍여행이 으뜸이다. 한국의 가을 산은 무릉도원이 따로 없다.

　봄도 좋다. 개나리, 진달래, 철쭉, 벚꽃이 봄기운을 내뿜으면 모든 산천초목이 초록색으로 춤춘다. 사철이 뚜렷한 우리나라 산하의 매력이다. 대자연이야말로 신이 주신 가장 아름다운 선물이다. 나는 가을 산행을 갈 때마다 가슴이 설레곤 한다. 잠을 설쳐 마침내 도착한 산의 단풍과 억새가 가을바람에 흔들리면 '아!' 하는 탄성과 함께 내 마음도 따라 흔들린다.

　　　　　　　　　　　　　　　당신을 만나 행복합니다

겨울 산은 눈 내린 후가 제 맛이다. 눈꽃이 핀 나무들이며 저 멀리서 바람 따라 내려오는 눈송이가 신비롭다. 눈꽃이 바람을 맞으면 눈보라가 일기도 하고, 나뭇가지에 잔뜩 얹혀 있는 눈덩이가 햇살을 받으면 툭툭하고 떨어지며 눈가루를 날리는데, 이 또한 겨울 산의 묘미다. 인적 드문 덕유산 능선에선 노루와 같은 산짐승이 눈에 찍어 놓은 발자국을 따라 길을 찾아가는데, 눈 쌓인 맞은편 산의 능선이 햇살을 받으면 그야말로 산수화가 따로 없다.

우리나라 산은 계절 따라 변하지만 계절마다 느끼는 매력이 저마다 다르다. 산의 그 자태 자체가 절경이다. 모든 계절의 산이 절경이지만, 난 가을 산이 가장 좋다. 가을 산은 신비롭고 아름다운 낭만을 준다.

가을이면 멀리 가지 않더라도 가로수가 곱게 물들어 노랑, 빨강, 흑갈색 등으로 어우러져 운치를 더한다. 차량이 속도를 내면 일시에 도로 바닥에 있던 잎새들이 휘날리며 춤추는데, 그럴 때면 거리 풍경에 압도되어 낭만에 취하곤 한다.

삶을 만끽하는 데 오색 단풍 여행만큼 좋은 건 없다. 한 폭의 신비한 수채화가 눈앞에 펼쳐지면 탄성이 절로 나와 대자연의 운치를 한껏 즐길 수 있다.

노후에
천덕꾸러기 인생은 안 돼

이젠 백세인생이 헛말이 아니다. 옛날엔 장수가 큰 복이었지만, 지금은 꼭 그렇지도 않다. 60세에 은퇴해서 40여년을 살아가야 한다. 오죽하면 유병장수(有病長壽)라고 하겠는가. 노후의 삶이 불안하고 돈에 끝없이 쫓기며 누군가에 손을 벌리는 삶이라면 인생이 남루해진다.

천덕꾸러기 인생이 되어선 안 된다. 젊어서 철저히 노후를 준비해야 한다. 은퇴 후 집에 있을 것이 아니라 미리 인생 이모작, 삼모작이라도 준비해야 한다. 자녀들에게 의존하는 건 더욱 안 된다. 지금 생활의 어려움과 경제 사정은 모두 내가 만든 것이다. 스스로 대책을 세우고 자립해 살아갈 방법을 찾아야 한다. 경제 문제는 세월이 흐를수록 우릴 더욱 옥죄어 올 수 있다. 부부 중 한 사람이라도 중증질환에 걸리면 생활고는 더욱 심해진다.

돈이 인생의 목표는 아니지만, 돈이 있어야 품위를 지킬 수 있고 삶을 꾸려 나갈 수 있다. 자식들에게도 인정받고 대우받으려면 자립할 수 있는 돈이 있어야 한다. 철마다, 일이 생길 때마다

당신을 만나 행복합니다

자식에게 손을 벌릴 순 없는 노릇 아닌가.

요즘 청년들을 보면 걱정이 앞선다. 취업난에 저임금 아르바이트로 청춘을 보내다 노후 대책은커녕 언감생심 제집 마련도 못하고 중년으로, 다시 노년으로 입성한다. 이런 시기에 부모도 자식도 경제적으로 궁핍하면 서로가 서로를 힘들게 할 수 있다.

나이 들면 말을 줄이고 무엇이든 솔선수범하는 멋쟁이 노신사가 되었으면 한다. 젊음이 노력으로 얻은 것이 아니듯, 나이 든 것도 자랑은 아니다. 이기려 하지 말고, 노인 행세하며 억지로 권위를 부려서도 안 된다. 노년의 자산은 오히려 인자함 속에 감추어진 지혜다. 솔선수범하며 따뜻한 성품을 지닌 노인은 그 '정신의 젊음'으로 더욱 존경받는다.

노후를 대비하자면 매우 섬세하게 계획을 세워 알뜰하게 생활해야 한다. 하루 30분 정도는 운동하고 봉사활동에 참여하며 멋진 취미활동도 만들어 시간을 허비하지 말아야 한다. 나이는 숫자에 불과하다. 오히려 노후에는 나이를 잊고 더 왕성한 활동을 하는 것이 좋다. 부부간의 화목 또한 노후 생활의 비책이다. 가족 간에도 고집을 줄이고 대화를 할 때는 좋은 말만 하며 화목을 도모해야 한다. 마음을 비우고 소일거리를 만들어 민폐를 끼치지 말고 생동감 있게 살았으면 한다.

　노후 40년은 덤으로 받은 것이 아니라, 하루하루가 엄연한 귀
중한 삶이다. 삶의 행적은 노년에 완성되는 경우가 많다. 아직
아름다운 시절이 많이 남아 있다. 그것이 노년이다.

　노년의 단짝 부부라면 노인정이나 실버타운에 가지 말고 가족
과 함께 봉사활동과 취미생활을 만들어 나이를 잊고 사는 멋진
인생살이였으면 한다. 나이는 숫자에 불과하다.

백세인생의 생활습관

백세인생이 좋은 것만은 아니다. 현대 의학이 발전해 수명은 늘었지만 수명만큼 질병의 고통을 오래 떠안아야 한다. 건강한 백세인생을 누리려면 반드시 지켜야 하는 원칙이 있다. 아침밥은 건강의 기본이다. 집중력, 사고력을 증가시키고 활동에 필요한 에너지를 만들어 내 두뇌와 내장의 활동을 촉진하고 비만 또한 막아 준다. 매일 아침을 거르고 극단적인 소식을 하며 다이어트를 하는 여성은 심각한 건망증과 멍하니 일시적인 무의식 상태에 빠지는 경우가 많다. 삶의 의욕과 활동력은 아침밥에서 나온다. 소식이 좋다고 아침을 거르면 나중에 나이 들어 하나둘 질병을 얻게 된다.

세끼를 소식하고 끊임없이 움직이며 웃는 여유. 이것이 건강한 백세인생을 위한 생활습관이다. 술은 적게 먹고 한 번 마시면 3일 정도는 금주 기간을 가져야 한다. 지방은 줄이고 탄수화물보다는 과일과 채소로 포만감을 가져야 한다. 담배는 백해무익이다. 밥은 조금 부족한 듯 먹고 밥 먹은 후엔 움직이되 승강기 대신 계단을 이용하거나 30분간 산책하면 좋다.

웃음과 사랑은 육체를 치유하는 정신적인 보약이다. 사람에겐 교감신경과 부교감신경이 있는데 불안, 초조, 짜증과 같은 예민함은 심장을 자극해 나쁘게 만든다. 웃음은 부교감 신경을 자극해 심장을 유연하게 만들어 천천히 뛰게 만든다. 자연스럽게 몸의 긴장이 풀어지고 스트레스는 줄어든다. 혈액순환이 개선되며 소화액 분비도 적절해져 식욕이 늘어난다.

물과 야채를 많이 먹으면 체내 독성물질이 잘 빠지고, 섬유질이 많아야 기분 좋게 변을 볼 수 있다. 잠이 보약이다. 사람은 잠을 잘 때 기억의 스트레스를 완화하고, 몸 구석구석을 움직여 노동으로 쌓인 근육의 피로를 푼다. 7시간 수면이 좋고 밤에는 수면을 방해하는 흡연, 커피, 음주를 멀리하고 스마트 폰이나 TV도 멀리하는 게 좋다.

졸음은 몸이 피로하다는 신호다. 잠깐의 쪽잠은 생활에 큰 활력을 준다. 손을 자주 씻고 샤워를 자주 해 감염질환을 예방하는 것도 필요하다. 특히 소식이 좋다고 끼니를 거르는 건 바보짓이다. 규칙적으로 조금 먹고 많이 움직이는 사람이 건강하다. 건강한 백세인생은 이런 규칙적인 생활수칙이 쌓여 얻어지는 인생 황혼기의 행복이다. 비만이 되기 전 올바른 생활습관을 만들어 백세인생을 즐길 수 있는 조화로운 몸을 만들어야 한다.

인생을 즐기며 살자

인생을 후회와 착각으로 살아간다. 일과 시간에 쫓겼던 고단한 삶뿐이라 지나고 보면 후회스럽다. 분초를 다퉈 일하는데 무엇 하나 순조롭지 않을 때 인생은 고달프다. 성공한 사람들의 공통 된 후회가 인생을 살면서 "좀 더 즐길걸.", "좀 더 참을걸.", "좀 더 베풀걸."이라고 한다. 나이 들어 생각나는 후회들이다.

사람은 누구나 더 큰 행복을 누리려 지겨운 공부도 열심히 하고, 돈과 명예를 얻기 위해 죽어라 일도 하고 두뇌 싸움도 한다. 그러나 모든 일엔 때가 있다. 즐기려 해도 시간적 여유, 금전적 여유, 마음의 여유가 있어야 하는데 모든 여유가 동시에 오는 경우는 그리 많지 않다. 이렇게 따지다 보면 즐길 수 있는 날이 없기도 하다. 그렇게 세월이 가면 인생에 후회가 남는다.

일단 성공한 후에 즐길 수 있는 여건이 주어지지만, 야속하게도 시간은 기다려 주지 않기에 후회는 더해 갈 뿐이다. 금전적 여유는 시간이 많이 흐른 후에 생기는 여유이기에, 갖추면 이미 때를 놓친 것이다.

즐기는 것도 때가 있다. 진정 즐길 줄 아는 사람은 열심히 일한 자신에게 선물을 줄 수 있고, 인생에 대한 여유와 새로운 생활에 대한 강한 핵심을 가지고 있다.

살다 보면 인생에 세 번 찬스가 온다고 하는데, 즐길 수 있는 절호의 기회 역시 온다고 믿는다. 생활이 잘 풀리고 좋은 일이 생길 때 즐겨야 한다.

우선 즐기고 싶으면 즐길 수 있는 생활 터전을 만들고 즐기며 사는 여유를 만들어 즐기면 된다. 그러나 바쁜 생활 속에 일에 얽매이다 보면 즐기는 방법 자체를 잊고 살게 된다. 즐기러 떠난 여행이 짜증이 되기도 하고, 휴식을 위해 떠났지만 정신적인 피로감만 안고 오는 사람도 많다.

어떻게 보면 즐기는 것도 하나의 복이고, 즐길 줄 안다는 것도 행운이다. 그리고 기회는 아무에게나 오는 것도 아니다. 즐겨야 할 때 즐기지 못하고, 낭만과 여유 없이 힘들게 살아온 지난날 고생한 기억만 남았다면 인생이 덧없고 세월이 야속하기만 할 것이다.

아, 어찌할꼬! 그러니 늙어 후회하지 말고 젊음이 남아 있을 때 즐겨야 한다. 바쁜 생활 속에 즐김이 쉽지 않지만, 그럴 때 짬을 내서 즐기는 것은 또 다른 행복감을 준다. 내 인생은 내가 만드는 것이기에 즐기며 사는 자신만의 노하우를 만들어 사는 것이 멋진 인생이다.